Stefan Wolf

Die Unheimlichen

Pelikan

ISBN 3-8144-1113-7

Gesamtherstellung und Textredaktion:
Egon Fein, f-press, München
Umschlag-Gestaltung und Text-Illustration:
Reiner Stolte, München
Graphische Gestaltung: Heinrich Gorissen, München
Gesamtherstellung: Clausen & Bosse, Leck
Printed in Germany

Inhalt

1. Überfall in der U-Bahn 13
2. Schlechte Zeiten für Taxis 25
3. Erster Hinweis auf Panutzke 35
4. Terror! Raub! Gewalt! 42
5. Oma wird verletzt 47
6. Leisebier und Strolch 53
7. Nach 19 Jahren Knast 60
8. Waffen in der Senkgrube 67
9. Auf dem Kriegspfad 75
10. Geldscheinpudding 79
11. Hauer wie 'ne Wildsau 84
12. Auf alte Kumpel ist Verlaß 90
13. Vorbesichtigung 97
14. Hinter dem Bahndamm 106
15. Stein mit Vergangenheit 112
16. Gefesselt und geknebelt 121
17. Versteckte Schadenfreude 126
18. Wieder vereint 130
19. Endlich eine heiße Spur 139
20. Machenschaften 147
21. „Schieß ihn ins Bein!" 151
22. Duftnote 164
23. Ein ältliches Paar 170
24. Der Kommissar wird eingeschaltet 173
25. Wegen frischem Frühlingsgrün 178
26. Lagebesprechung 188
27. Das Schreckliche verschweigen 192
28. Nachrichten 196
29. Kriminalmeister Trobolowitsch 199
30. Leider ein Fehlschlag 204
31. In die Falle gegangen 207
32. Kunde vom Alibi 213
33. Geständnisse 216

LOCKE

hat diesen Spitznamen, weil sie *keine* Locken hat. Oder besser gesagt: nur ganz, ganz wenige, und das auch erst seit vier Jahren. Dabei war es ihr sehnlichster Wunsch als Kind gewesen, den Kopf voller Locken zu haben. Nina Rehm, wie Locke wirklich heißt, ist noch nicht ganz 15 Jahre alt, geht in die 9. Klasse des Gymnasiums und kurvt mit Vorliebe auf ihrem Mofa durch die Gegend. Wenn's das Wetter zuläßt, trägt sie dabei einen wagenradgroßen Strohhut. Weiterer Steckbrief: Groß, schlank mit langen Beinen, langes, kastanienbraunes Haar, nußbraune Haut, schmales Gesicht mit dunklen Augen und einem schön geschwungenen Mund. Locke ist ein „Temperamentsbolzen", sie hat mehr Unternehmungsgeist als zehn Jungens. Eine typische „Macherin", aber trotzdem durch und durch weiblich. Sie will immer und überall helfen – Menschen und Tieren. Locke lebt mit ihrem Vater Gunter und Bruder Mike zusammen. Die Ehe ihrer Eltern wurde geschieden. Ihre Mutter – eine Französin – wohnt heute in Paris.

TOM

wird nur so genannt, weil er sich über seinen echten Namen grün und blau ärgert. Er heißt nämlich Engelbert, mit Nachnamen Conradi, nach einem Großvater von Mutters Seite so benannt. Aber Tom paßt nun mal besser zu einem athletisch gebauten, großen Jungen, der auch noch perfekt in Karate ist, der waffenlosen japanischen Kampfkunst. Er geht in die 10. Klasse desselben Gymnasiums wie Locke. Alle mögen den blonden Jungen. Und das nicht nur wegen seines offenen, sympathischen Gesichts, sondern weil er – genau wie Locke – ein echter hilfsbereiter Kumpel ist, immer zur Stelle, wenn's um eine gute Tat geht. Er drängt sich selbst nie vor, sondern läßt sich zumeist – und das nur zu gern – von Lockes Unternehmungsgeist mitreißen. Denn er und Locke – naja, die sind nun mal unzertrennlich. Noch ein unverwechselbares Kennzeichen hat der knapp 16jährige: ein tiefblaues und ein grünes Auge. Tom lebt bei seiner Mutter Helga, einer Tierärztin. Seinen Vater hat er schon vor Jahren verloren.

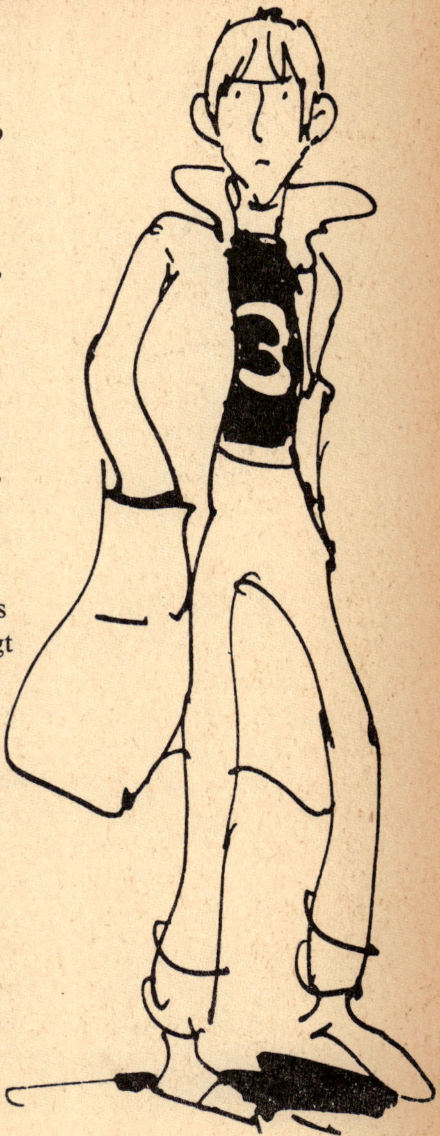

GUNTER REHM

ist Lockes Vater, 44 Jahre alt und Lokalredakteur bei der größten Tageszeitung seiner Heimatstadt, einer ansehnlichen Großstadt mit Straßenbahn, vielen Buslinien, U-Bahn, mehreren Autobahn-Zubringern und einem Bundesliga-Verein. Der großgewachsene, etwas hagere Journalist deckt mit Vorliebe Mißstände auf und gilt deshalb bei allen, die keine reine Weste haben, als unbequem. Er kennt das Geschehen in der Stadt ganz genau, weil er es täglich hautnah erlebt. Gunter Rehm hat ein prima Verhältnis zu seinen Kindern Locke und Mike, malt in seiner Freizeit gern Porträts und spielt Tennis wie ein Meister. Seine liebste Partnerin: Dr. Helga Conradi. Aber das nicht nur auf dem Tennisplatz. Madeleine, seine einstige Frau, Lockes und Mikes Mutter, ist nach kurzer Ehe in ihre Heimat Frankreich zurückgekehrt. Sie hatten ganz einfach zu jung geheiratet, ohne sich so richtig gekannt und zueinander gepaßt zu haben. Als sie dies einsahen, trennten sie sich, aber sie waren einander deshalb nicht gram. Madeleine, die eher ein unabhängiges Leben bevorzugte, überließ die Kinder ihrem Mann.

MIKE
könnte die Mädchen reihenweise um den Finger wikkeln, wenn er wollte, und tatsächlich hat der Sonnyboy auch mehr als eine Freundin. Er heißt Michael Rehm, ist 19, Lockes großer Bruder, und er geht in die Abiturklasse. Nebenher schreibt er als freier Mitarbeiter für die lokale Tageszeitung. Vater Gunter Rehm ist sein großes Vorbild. Hobby: Fußballspielen, und zwar als Libero beim FC Eintracht. Der gutaussehende, breitschultrige Frauentyp Mike hat die braunen Haare und grünen Augen seiner fast schon vergessenen französischen Mutter. Mit Charme und spitzbübischem Lächeln kann er jeden Gegner entwaffnen, aber auch durch mitunter erstaunliche Beharrlichkeit (manche behaupten freilich, Mike habe einen Dickschädel) zur Verzweiflung bringen. Mike ist alt genug, um zu verstehen, daß weder Vater noch Mutter am Scheitern ihrer ebenso kurzen wie unüberlegten Ehe schuld waren.

DR. HELGA CONRADI

ist Toms Mutter, von Beruf Tierärztin – bei ihren vierbeinigen Patienten und deren Frauchen beliebt, von den Herrchen bewundert und verehrt. Ist auch kein Wunder, denn Helga sieht mit ihren 42 Jahren höchstens wie eine Dreißigerin aus: Blaue Augen, lange goldblonde Haare, schmales, ebenmäßiges Gesicht. Wirklich eine sehr attraktive Frau, und dazu auch noch überaus sportlich, was ihre schlanke Figur bestätigt. Beim Tennis gewinnt sie ab und zu sogar gegen Gunter Rehm einen Satz. Ihr Mann ist an einem heimtückischen Leiden gestorben, als Helga noch keine 30 war. Tom kann sich kaum an seinen Vater erinnern. Der Dritte in ihrer Familie ist der treue Nicki, eine ebenso lustige wie wachsame Mischung aus Boxer und Wolfshund.

OMA
wird Elisabeth Rehm von allen genannt. Sie ist 72 Jahre alt, Gunter Rehms Mutter, und sie lebt allein in einem hübschen, verwinkelten Häuschem im Grünen, mit einem großen Garten und geradezu riesenhaften Sonnenblumen. Birkenrode heißt Omas Wohnort. Er liegt ein bißchen außerhalb der Stadt, aber nah genug, damit es für Locke und Tom zu häufigen Besuchen reicht. Und darauf freut Oma Rehm sich natürlich. Nicht nur, weil sie ihre Enkelin und deren Freund gern mag, sondern auch ein wenig deshalb, weil die beiden jungen Leute ihr stets helfend beistehen. Ihr Mann, ein Lehrer, ist vor zwei Jahren gestorben. Jetzt ist „Frau Holle“ die Gesellschafterin der liebenswerten weißhaarigen Dame, eine ebenso betagte Katzenmutter, die Elisabeth Rehms alte Tage getreulich teilt.

Stefan Wolf

Locke und Tom greifen ein

Hundejäger töten leise
Terror durch den heißen Draht
Giftalarm am Rosenweg
Die Fußball-Oma darf nicht sterben
Flammen um Mitternacht
Überfall nach Ladenschluß
Der Mann mit den tausend Gesichtern
Aufruhr in der Unterwelt
Die Nacht am schwarzen Grab
Der Feind aus dem Dunkeln
Die Bande des Schreckens
Straßenräuber unter Palmen
Die Unheimlichen

1. Überfall in der U-Bahn

Locke und ihre Freundin Nicole hüpften vom Obergeschoß die Treppe hinunter, als unten die Haustür geöffnet wurde.

Kommissar Blank, Nicoles Vater, stürmte herein, winkte den beiden zu, eilte in sein Arbeitszimmer, holte eine Akte und hetzte zur Tür zurück.

„Ich muß wieder los", rief er, „eine brandeilige Sache. Sonst hätte ich dich heimgefahren, Nina. Nimm dir ein Taxi, ja?"

„Mache ich", Locke lachte. „Seit mein Mofa kaputt ist, werden die weiten Wege teuer. Aber morgen früh kann ich's abholen. Dann ist es wieder rennmäßig."

Der Kommissar entschwand. Offenbar haben es Kripoleute bisweilen noch eiliger als Journalisten. Locke stellte das fest und beschloß, Gunter, ihren geliebten Familienvorstand, damit zu ärgern.

„Zur Zeit bearbeitet er acht Fälle", erklärte Nicole. „Gleichzeitig! Irrer Streß. Acht Fälle – das halten seine Nerven gerade noch aus. Aber er soll auch die Ermittlungen wegen der Unheimlichen übernehmen. Das wäre dann der neunte Fall."

Nicole war ein zartes Blondinchen mit Stupsnase und Korkenzieherlocken hinter den Ohren. Während der meisten Unterrichtsstunden saß sie mit Locke zusammen. Die beiden verstanden sich.

„Vielleicht kann er eine Ermittlung zu Ende führen", meinte Locke. „Dann wäre er wieder bei acht Fällen und noch in der nervlichen Sicherheitszone. Außerdem sind diese Unheimlichen bestimmt nur Eintagsfliegen. Laß die merken, daß die Polizei sich für sie interessiert – und weg sind sie vom Bullauge ... äh, vom Fenster."

„Hoffentlich."

Draußen rüstete der Freitagabend sich für die Nacht. Es war März, die Luft roch nach Frühling.

Locke setzte ihren Florentinerhut auf und schob die dunkle Mähne über die Schultern.

Nicole blieb auf der Türschwelle und winkte ihr nach, als sie zur Ecke ging, wo der Taxi-Stand war. Etwa hundert Schritte entfernt. Aber die Straße kurvte etwas, und erst hinter der Kurve – nach dem sechzigsten Schritt – sah Locke, daß der Taxi-Platz leer war.

Na, schön! Auch die Fahrer machen mal Feierabend. Im übrigen waren die Preise, wie sie festgestellt hatte, enorm gestiegen. Verglichen damit beförderte die U-Bahn nahezu umsonst. Und bis zur Station Birkenweg – nun, das waren auch nur drei Minuten.

Sie stelzte los – rüstig, wie das von einer yoga-gestählten fast 15jährigen zu erwarten ist. Allerdings mußte sie dabei einen dunklen und total einsamen Weg nehmen, die Straße am Parkrand.

Daß sie hier ging – schutzlos und allein –, verstieß eindeutig gegen die Verhaltensregel Nr. eins für Frauen und Mädchen in einer nächtlichen Großstadt.

Zurück zu Nicole und telefonisch ein Taxi rufen? Locke hätte sich albern gefühlt. Schließlich war sie nicht aus Zucker – und dort lag schon die Station Birkenweg.

Sie lief die Treppe hinunter. Es war zugig und kalt in den Gängen, als hätte der Winter sich hierher zurückgezogen. Sie äugte den Bahnsteig entlang. Keine Menschenseele.

Könntest ja schwarzfahren, flüsterte ihr die Versuchung ins Ohr. Aber Locke wies das mit Empörung zurück, kramte Münzen aus ihrer Umhängetasche und besorgte sich am Automaten den Fahrschein.

Dann mußte sie ihren Hut festhalten, denn ein heftiger Luftstrom zischte aus dem höllenschwarzen U-Bahn-Schacht. Unmittelbar dahinter kam der Zug.

Sie sah nur leere Wagen und stieg in einen mittleren ein. Gerade als die Türen fauchten, um sich automatisch zu schließen, hetzte ein Mann die Treppe herab.

Er schaffte es noch, hätte aber beinahe den Fuß eingeklemmt. Keuchend ließ er sich auf den nächsten Sitz fallen. Mit

teuerem Kamelhaarärmel wischte er über sein schnapsrotes Gesicht. Er hatte einen dicken Kopf und viel Fleisch am Hals. Sein linker Schuhriemen hing ohne Schleife herab, was er auch bemerkte. Aber er war noch nicht in der Lage, sich über seine Wampe zu bücken.

Den kenne ich, dachte Locke.

Sie saß ein Wagendrittel entfernt und blickte durch die Scheibe hinaus, wo die wahnsinnig interessante Landschaft der schwarzen und grauen Tunnelwände vorbeihuschte.

Ja! Jetzt habe ich's. Biedermann – heißt er. Das ist dieser Stadtratstyp, den Papi alle paar Wochen zur Schnecke macht – weil der kommunal (*gemeinde*)-politisch nichts drauf hat. Außer Ränkespiel und Eigennutz. Und jetzt riecht's hier nach Schnaps wie in 'ner Kneipe.

Biedermann – hieß er Adolf? Ja, Adolf – bückte sich und machte eine Doppelschleife auf seinen Frühjahrsschuh.

Die U-Bahn hielt.

Wieder ein leerer Bahnsteig? Nein, hinter der Reklamesäule kamen zwei Typen hervor, machten schnelle Sprünge und peilten diesen Wagen an.

Locke hielt den Atem an.

Irgendwie seltsam sahen sie aus, die beiden.

Das lag nicht an den Lederjacken, den speckigen Jeans, den Fallschirmspringer-Stiefeln. Es lag an den Gesichtern.

Sie polterten herein.

Fauchend machten die Türen dicht.

Die beiden Typen blieben stehen und glotzten.

Pappnasen! Sie trugen Pappnasen wie im Fasching – und Perücken, hatten jedenfalls strohige Wuschelköpfe, die nicht echt sein konnten. Dem Kleineren saß die Perücke schief auf dem rechten Ohr. Er war zwar der Kleinere, aber deshalb kein Zwerg, sondern ein wuchtiger Kerl. Rund um die Pappnasen breiteten sich böse Gesichtszüge aus.

Der Größere hatte zuviele Knochen im Gesicht, der andere wirkte verschlagen.

Locke atmete wieder. Aber ihr Herz schlug Purzelbäume.

Kein Zweifel! So oder ähnlich hatten Zeugen und Opfer die Täter beschrieben: die Unheimlichen. Grobe Rockertypen sollten das sein, knapp an die Zwanzig. Um sich unkenntlich zu machen, trugen sie Perücken und Pappnasen – was offenbar die Wirkung nicht verfehlte.

Bislang hatte die Polizei keinen der drei erwischt. Richtig! Drei waren es sonst, die prügelnd und raubend nachts die Stadt unsicher machten. Handtaschenraub war ihre Spezialität, Gewalt offenbar ihr Hobby. Hatte der Dritte heute dienstfrei? Oder war er in sich gegangen?

Gedanken fetzten Locke durch den Kopf. Daß Tom nicht hier war! Verkam denn der Alltag immer mehr zum Faustrecht?

„Hejjjjh, Schrilltyp", kläffte der Größere. „Wie finde ich denn das? Da sitzt ein Macker – und dort eine Schöne. Der Macker sieht aus nach Almosen (*milden Gaben*)."

Schrilltyp lachte. Sein Spitzname hätte auch dem andern gepaßt. Er schob sich die Perücke zurecht.

„Aber nicht, als hätte er Almosen nötig. Sondern, als gibt er sie gern."

Locke hatte die Arme verschränkt, blickte aus dem Fenster auf die rasenden Tunnelwände und bemühte sich, möglichst unauffällig zu sein.

Aber niemand konnte sie übersehen, auch nicht unter 300 Leuten.

Unter der Hutkrempe hervor schielte sie zu Biedermann. Der hatte – trotz seiner Schnapsration – begriffen, daß die beiden keine Kontrolleure waren, die nach Schwarzfahrern suchten. Als Hinterbänkler im Stadtparlament und vertraut mit allen Problemen, wußte er sogar genau, was jetzt lief.

„Feuermal", sagte Schrilltyp. „Habe ich dir nicht immer gesagt, daß ich diese Popper-Puppen mit ihren großen Hüten nicht leiden kann. Habe ich das?"

„Hast du."

Mein Gott! dachte sie. Warum nehmen die mich aufs Korn? Und bis zur nächsten Station – das sind zehn Minuten. Sch... ade! Wie wehre ich mich? Wehre ich mich überhaupt? Was habe ich in der Tasche? Nichts Wichtiges, Gott sei Dank! Aber Biedermann wird mir helfen. Seinesgleichen giert nach Heldentum. Damit er sich profilieren (*Umriß geben*) kann.

Schrilltyp und Feuermal wußten, daß sie Zeit hatten. Nur ein kleiner Teil der zehn Minuten war verbraucht.

Sie stampften heran. Ihre Schritte dröhnten. Sie kamen zu Locke.

Und Biedermann?

Er preßte sich neben der Tür an die Wand. Den Hut zog er sich in die Stirn, als wollte er von alldem nichts sehen. Mit zitternder Hand zog er eine Zeitung aus der Innentasche des Mantels. Sie raschelte wie 20 Zentner Altpapier, als er sie entfaltete. Er begann zu lesen, tat wenigstens so. Daß er das TAGEBLATT verkehrt herum hielt, merkte er nicht.

„Wenn ihr mich anrührt", sagte Locke, „sage ich's meinem großen Bruder. Dann könnt ihr was erleben."

Sie wußte selbst nicht, ob sie einen Witz machen wollte. Sie erzielte null Wirkung – und ärgerte sich über das verdächtige Flattern in ihrer Stimme. Soviel Angst – zum Kuckuck! – hatte sie nun auch wieder nicht.

Feuermals Eisaugen starrten sie an.

Weshalb wurde der Kerl so genannt?

Schräg von hinten packte er ihren Arm. Das tat weh.

Schrilltyp schlug ihr den Hut vom Kopf.

„Heh!" rief sie. „An Mädchen vergreift man sich nicht. Das ist unfair. Ich bin nicht mal im Judo-Club. Und überhaupt – was habe ich euch denn getan?"

„Her mit der Tasche!"

Schrilltyp riß sie ihr weg. Er schüttete den Inhalt auf den Boden, nahm das Portemonnaie, sah hinein und fluchte.

„Ist das alles, du Kröte?"

„Dachtet ihr, ich wäre der Ölscheich von Damaskus?"

Sie schrie auf. Feuermal schüttelte sie, als wollte er ihr den Arm brechen. Sie wurde hin und her gebeutelt auf der Bank. Schrilltyp trampelte auf ihrem Hut herum.

Sie versuchte, sich loszureißen, aber mit ihrer zarten Figur kam sie nicht an gegen Feuermals rohe Kraft.

„Sie!“ rief sie. „Herr! Ziehen Sie die Notbremse! Bitte! Wo bleibt die Polizei?“

„Rühr dich nicht, Alter!“ schrie Feuermal. „Sonst machen wir dich alle.“

Biedermann nickte in seine Zeitung hinein, schluckte kopfstehende Buchstaben, schwitzte und schwitzte.

Sekundenlang gewahrte Locke zwei Köpfe hinter der Trenntür zum nächsten Wagen. Kinder?

Sie verschwanden sofort wieder.

„Und du, Kröte, kriegst es jetzt“, giftete Schrilltyp.

Er schob die Handvoll Münzen in die Tasche – Lockes Geld, bescheidener Rest vom letzten Taschengeld, aber kein anlageverdächtiges Vermögen.

Dann zog er ein Schnappmesser hervor und ließ die Klinge herausspringen.

Nein! dachte sie. Nicht das! Ich will kein T... keine Wunde, kein ...

„Das könnt ihr mit mir nicht machen!“ schrie sie. „Ihr Pappnasen, ihr Spinner. Habt ihr Schimmel an der Gehirnrinde oder Spinat zwischen den Ohren?“

„Sie wird frech“, stellte Feuermal fest. „Hier! Mach’s hier!“

Er verbog ihren Arm. Sie war hilflos.

Sie schlug mit dem anderen um sich. Aber auch den hielt der Kerl fest.

Schrilltyp schlug ihr die Ärmel von Jacke und Pullover bis zum Ellbogen hoch.

Sie wand sich, schrie.

Dann spürte sie die Messerspitze auf der Haut.

Es tat nicht sehr weh. Schlimmer war die Demütigung.

Das

mit mir nicht machen.

„Das wär's, du Kröte."

Schrilltyp lachte. Feuermal ließ sie los.

Sie starrte auf ihren Unterarm. Ein großes T war in die Haut geritzt. Blutstropfen quollen hervor. Das T! Es war die Masche der Unheimlichen. Mehrfach schon hatten sie ihre Opfer so gekennzeichnet. Auf Handrücken, Armen – sogar im Gesicht.

„Tehhhhh wie Terrrrrror!" blöckte Feuermal ihr ins Ohr. „Jetzt weißt du, wie's läuft. Sag's deinem großen Bruder. Er kann sich ein T abholen, soll aber die Brieftasche mitbringen. Klar?"

Locke schluckte. Aber sie hielt die Tränen zurück. Den Triumph gönnte sie den beiden nicht.

„Äh!" meinte Schrilltyp. „Gleich sind wir in Moosheide, Feuermal. Machen wir 'ne Mücke."

Die U-Bahn fuhr jetzt langsamer.

Feuermal ging auf Biedermann zu. Der hatte sich vorbereitet, ließ die Zeitung fallen und streckte ihm die aufgeklappte Brieftasche hin.

„Mehr ... mehr habe ich nicht bei mir. Nur 170 Mark. Da! Bitte! Ich komme von 'nem Umtrunk. Deshalb! Bitte, bitte ... kein ... Teh!"

Feuermal riß ihm das Geld aus der Hand.

„Dir, Opa, schnitzeln wir's das nächste Mal ein. Jetzt haben wir Endstation!"

Er stieß ihm die flache Hand vor die Brust.

Biedermann taumelte zurück.

Der Zug hielt. Ein leerer Bahnsteig. Die beiden Unheimlichen – wie Presse und Volksmund sie getauft hatten – stürmten hinaus.

Als die U-Bahn sich in Bewegung setzte, waren sie längst verschwunden. Auch zwei Jungs waren ausgestiegen, Zehnjährige schätzungsweise. Locke erkannte die Gesichter aus dem nächsten Wagen. Die beiden boxten sich und alberten. Falls sie was beobachtet hatten, war das an ihnen vorbeigerauscht wie der Frühlingswind.

Sie bückte sich und hob ihr Taschentuch auf.

Sie betupfte die T-Wunde.

„Ich ... ich ... konnte nichts machten“, stotterte Biedermann.

„Herzlichen Dank für Ihre Hilfe.“

„Ich ... ich ... Die hätten mich umgebracht.“

„Das hätten sie, Herr Biedermann.“

„Du ... kennst mich?“

„Für Sie bin ich eine Sie-Person. Oder haben wir zusammen Schweine gehütet? Wer kennt Sie nicht, Herr Biedermann? Sie sorgen doch dafür, daß Ihr Bild allwöchentlich in der Zeitung ist.“

Wieder wischte er sich übers Gesicht. Dann kam er näher, und das Lächeln auf seinem Schweinsgesicht festigte sich.

„Sie müssen das verstehen, Fräulein. Ich bin ... äh ... gallenkrank. Wenn die mich geschlagen oder gestochen hätten – es wäre mein Tod gewesen. Und geändert hätte es auch nichts. Jedenfalls waren das die Unheimlichen. Heute in kleiner Besetzung. Zwei statt drei. Hähähä!“

Locke hob ihre Tasche auf und sammelte die Sieben-Sachen ein. Biedermann half ihr dabei.

„Wir sind jetzt beide Opfer, Fräulein. Falls es zu einer Begegnung mit der Presse kommt, müssen Sie bitte hervorheben, daß ich geschlagen wurde. Mich traf ein mörderischer Schlag vor die Brust, Fräulein ... Wie war der Name?“

„Fräulein Nina.“ Du Kacker, setzte sie in Gedanken hinzu – und schloß die Tasche.

„Sie werden das betonen, ja?“

„Was?“

„Daß ich geschlagen wurde.“

„Ich werde mein Teh zeigen. Das tat weh. Und die Narbe, die ich wahrscheinlich behalte! Wo haben Sie denn Ihr Teh?“

Er stöhnte. „Meine Brust schmerzt. Aber Ihre Wunde ist schlimmer. Sie müssen zum Arzt. Ich helfe Ihnen. Hilfsbereitschaft, wissen Sie, ist meine Leidenschaft. Wie weit fahren Sie?

Noch weit? Aha! Die nächste Station ist Brückenkopf. Wir steigen aus. Nehmen ein Taxi. Ich bringe Sie zum Arzt. Und Sie bezeugen, in welcher Weise – mörderischen Weise – mir die Unheimlichen zugesetzt haben, falls die Presse uns befragt."

Locke sah ihn an. Der Ausdruck in ihren dunklen Glutaugen verunsicherte ihn. Sein Grinsen rutschte nach links, als entgleisten die Gesichtszüge. Wie ein Denkmalsockel stieg der fette Hals aus dem Mantelkragen.

„Gut!" nickte sie. „Station Brückenkopf. Dort nehmen wir ein Taxi. Womöglich begegnen wir sonst dem dritten Unheimlichen. Und Ihr Teh wird noch heute fällig."

2. Schlechte Zeiten für Taxis

Die U-Bahn fuhr wieder langsamer.

Locke stand auf. Innerlich flatterte sie. Grausig war's, Typen wie den Unheimlichen ausgeliefert zu sein.

Biedermann machte zwei Schritte in Richtung Ausgang und hob seine Brieftasche auf.

Sie war ihm aus der Hand gefallen, als er Feuermal sein Geld aushändigte.

Locke sah, wie er in gebückter Haltung verharrte.

Dann griff er unter eine der Bänke. Dort lag was.

Biedermann murmelte: „Hat wohl wer verloren ...", schob es in die Tasche und richtete sich wieder zur vollen Größe von mindestens 165 Zentimetern auf.

Locke dämpfte noch ihre Gefühle, kühlte den Zorn ab, zügelte die Empörung und achtete nicht auf Biedermanns Fund.

Unterschlagen würde der sicherlich nichts, sondern beim Fundbüro antanzen – großartig als ehrlicher Finder.

BRÜCKENKOPF – verkündete das Leuchtschild.

„Wir sind da", meinte Biedermann.

„Ich kann lesen."

Sie stiegen aus.

Zum Arzt? dachte Locke. Ph! Ich lasse mich heimfahren. Aber das braucht er nicht zu merken. Daß er das Taxi bezahlt, ist zu erwarten. Das heißt: wovon? Hat Biedermann den Unheimlichen nicht eben beteuert, die 170 DM, die sie ihm wegnahmen, seien alles, was er bei sich trug? Na ja, dachte Locke, das muß er selbst wissen.

BRÜCKENKOPF ist ein lebhafter Knotenpunkt, gehört schon zur Innenstadt. Hier wuselten viele Leute herum. Der Kiosk war noch geöffnet. Neben der Treppe führte auch eine Rolltreppe hinauf.

Lockes Gazellenbeine nahmen zwei Stufen auf einmal.

Biedermann stellte sich auf die Rolltreppe und kam eine halbe Minute nach ihr oben an.

Schweinekalt pfiff der Wind um die Häuserblocks. Es war spät – ein Taxi jetzt goldrichtig.

Und da stand auch schon eins am Halte-Platz.

Biedermann öffnete für Locke die Tür.

Der Fahrer, ein pferdegesichtiger Mensch, wandte den Kopf und grinste wie ein Vollblut nach dem Derby-Sieg.

„Hallo, Chef."

Mich meint er nicht, dachte Locke. Hoffentlich glaubt der nicht, daß ich Biedermanns Freundin bin.

„Hallo, Tulpenmeier!" erwiderte der Stadtrat.

Er warf die Tür zu, kaum daß Locke den Fuß drin hatte, und stieg dann vorn ein – auf den Nebensitz.

„Mensch, Tulpenmeier, wir hatten vielleicht ein Erlebnis! Fräulein Nina und ich. Die Unheimlichen haben uns fast umgebracht. Da fahr' ich nun mal U-Bahn – und dann das! Eine Katastrophe! Es sollte nur noch Taxis geben. Aber das darf ich ja nicht sagen."

Er drehte sich um. Sein Speckgrinsen strahlte Locke an.

„Sie wissen sicherlich, Fräulein Nina, daß ich Taxi-Unternehmer bin?"

„Wußte ich nicht. So genau kenne ich Sie nicht. Ich lese nicht alles, was in der Zeitung steht. Eigentlich nur die Beiträge mit Niveau (*geistigem Rang*)."

„Stimmt aber. Bin der größte Taxi-Unternehmer in der Stadt. Habe 23 Wagen laufen. 23! Auch dieser hier ist meiner."

„Das beeindruckt mich enorm", meinte Locke. „Von den Benzinrechnungen könnte eine Tankstelle leben."

„Aber ich kann kaum leben. Es ist ein Kreuz! Die Zeiten sind schlecht. Die Leute knapsen und sparen. Und was das Schlimmste ist: Sie haben ihre Beine wieder entdeckt. Wer kein Auto hat, radelt oder läuft."

„Unerhört", nickte sie. „Da denkt wohl keiner an Sie. Längere Fußmärsche durch die Stadt sollten verboten werden."

Er merkte ihren Spott und lachte unfroh.

„Also, zu welchem Arzt fahren wir? Gleich ins Krankenhaus? Oder zum Hausarzt?"

„Hausarzt", entschied sie – und nannte die Straße, in der sie wohnt. „Ich sag dann, wo ich raus will."

Tulpenmeier startete das Biedermann-Taxi, und sie rauschten ab.

„Die Unheimlichen, Chef?" fragte Tulpenmeier, während er den Wagen in eine Kurve zog, daß die Reifen jaulten. „Haben die wieder Tehs eingeschnitten?"

„Bei Fräulein Nina. Ich hatte Glück. Aber das erzähle ich nachher."

Locke wußte, weshalb er den Bericht verschob. Solange sie dabei war, mußte er dicht bei der Wahrheit bleiben. Nachher würde sich das anders anhören – wenn er seine Rolle als Feigling schönte, nämlich heldisch aufpolierte.

Soll er! dachte sie. Tulpenmeier glaubt sowieso, was er glauben will.

„Also", lenkte Biedermann das Thema aufs Geld, „wie war das Geschäft bis jetzt?"

„Nichts", der Fahrer zuckte mit den Pulloverachseln. „Habe vor drei Stunden übernommen. Es ist Freitagabend. Aber Sie,

Chef, sind der erste Fahrgast. Sie müssen bezahlen – so leid 's mir tut. Sonst habe ich heute null Einnahmen."

„Bezahlen? Mein Geld haben die Unheimlichen."

Er drehte sich zu Locke um.

Sie kam seiner Frage zuvor.

„Meins haben die auch – falls Sie wissen wollen, ob ich das Geld auslegen kann. Daß ich beraubt wurde, ist Ihnen wahrscheinlich entgangen, weil Sie Zeitung lasen."

„Wie? Aha! Nein, schon in Ordnung."

Er seufzte und rutschte tiefer in die Polster.

„Da wären wir", verkündete Tulpenmeier. „Wo soll ich halten?"

Vor dem Nachbarhaus ließ sie sich absetzen.

Diesmal hielt ihr niemand die Tür auf.

Biedermann blieb auf seinem Sitz. Es kümmerte ihn auch nicht, ob hier wirklich ein Arzt praktizierte – in dieser grünen Wohngegend, wo man ausschließlich wohnt und kein Geschäftsleben stattfindet, außer den gelegentlichen Belästigungen von Hausierern, die ihre tollen Gelegenheiten an den Mann bringen wollen, z. B. Schweizer Armbanduhren in Gold für 49,90 DM oder beste Orientteppiche fast umsonst.

Tulpenmeier schenkte Locke noch ein Pferdelächeln.

Dann verschwanden die Rücklichter im Dunkel der März-Nacht.

Locke lief zu ihrer ‚ständigen Adresse', dem hübschen Grundstück mit dem Rehmschen Einfamilienhaus.

Vaters Saab stand vor der Garage.

Also will er nochmal weg, dachte sie. Will oder muß. Will – dann ist er mit Helga verabredet. Muß – dann wird er noch im Pressehaus gebraucht.

Als sie aufschließen wollte, wurde die Haustür von innen geöffnet.

„Kommst du auch schon?" fragte Bruder Mike und grinste. „Wo ist dein Hut? Du bist mit Hut weggegangen!"

„Ist die Oma da? Höre ich ihre Stimme?"

„Oma ist da. Sie hat ihren Hut – was auch empfehlenswert ist bei kühlem Frühlingswind. Und ..."

„Meiner wurde zertrampelt, vernichtet, total zerstört – absichtlich. Dir werden Schauder über den Rücken rasen, wenn ich erzähle."

Sie lief ins Wohnzimmer.

Gunter und seine Mutter – die Oma Elisabeth Rehm – saßen am Tisch. Sie tranken heiße Schokolade – und Gunter hatte seine Portion mit einem Schuß Rum verfeinert, was als angenehmer Duft zwischen den Wänden umherschwebte.

„Locke, mein Liebling!" rief die Oma, und die beiden umarmten sich.

„Sie hat sich an einer Schlägerei beteiligt", sagte Mike, „und dabei ihren Hut eingebüßt. Ich frage mich, Oma, welcher unselige Vorfahre ihr diese vielen schrecklichen Eigenschaften vererbt hat. Von dir hat sie das nicht. Von wem? Wo doch sonst nur Sanftmut in unserer Familie herrscht."

Locke trat ihn vors Schienbein, bevor sie sich Gunter zuwandte und er sein Abend-Bussi erhielt.

„Ist das wahr, Kind?" rief die Oma. „Ich meine nicht die Vererbung, sondern das mit der Prügelei?"

Locke lachte, zog ihre Jacke aus und stülpte sie Mike über den Kopf.

„An die Garderobe damit! Aber häng sie ordentlich auf."

„Ich will aber auch hören, was los war", sagte er durch die Jacke, die über ihm hing wie ein Zelt.

Gunter legte den Kugelschreiber aus der Hand.

Er hatte Formulare vor sich ausgebreitet – Behördenkram, nutzlos und überflüssig. Aber es betraf die Oma und mußte erledigt werden. Sie kam damit nicht zurecht.

„Also, Locke?"

Der väterliche Blick prüfte, ob sie heil war.

Unter dem Pulloverärmel rutschte das Taschentuch hervor – blutig.

Gunters Blick wurde starr.

Locke schob die bunte Wolle zum Ellbogen hoch und zeigte das rote T.

„Das waren die Unheimlichen. In der U-Bahn haben sie mich überfallen. Raub und Körperverletzung. Hier oben bin ich voller blauer Flecke. So hat der eine mich geschüttelt. Erbeutet haben sie ungefähr zwölf Mark und fünfzig. Bei mir."

Die Oma griff sich ans Herz.

„Nein! Kind! Du ... darfst nicht U-Bahn fahren. Nicht abends und nachts. Bitte, versprich mir, daß du das nie wieder machst."

Locke lächelte. „Omi, ich lebe doch noch."

Mike sagte: „Weil ja hier nie eine Frau im Haus ist, mußte ich Schokolade kochen. Damit was Gesundes da ist, wenn die Omi kommt. Das Zeug schmeckt gräßlich. Aber ich hole dir mal schnell eine Tasse, Schwesterlein. Du bist so blaß um die Nase."

Er ließ sämtliche Türen hinter sich offen, damit ihm kein Wort entging.

Locke erzählte. Die Schokolade schmeckte wirklich gräßlich. Mike hatte Kakao und Wasser genommen, aber den Zukker vergessen. Es war keiner im Haus.

„Mein Gott!" entsetzte sich die Oma immer wieder. „Um Himmels willen!" – „Wie schrecklich!" – „Zu meiner Zeit waren die Zeiten wirklich sicherer."

Dann sah sie ihren Sohn an.

„Ich habe es in deinem Tageblatt gelesen, Gunter. Die Unheimlichen – das ist eine Verbrecherbande, nicht wahr?"

Gunter nahm seine stahlgefaßte Brille ab. Mit den Fingerspitzen prüfte er, ob Schokoladenreste sich in seinen Schnauzbart eingenistet hatten.

„Bande? Nun, bisher sind sie zweimal zu zweit aufgetreten und sechsmal zu dritt, einschließlich des heutigen Überfalls. Sie tauchen aus dem Nichts auf, maskieren sich aus der Hosentasche, schlagen zu, verschwinden. Mal hier, mal dort, auf einsamen Straßen, in Parks, am Flußgelände, in der S- oder U-Bahn.

Sie rauben und sind äußerst gewalttätig. Das mit dem Teh finden sie offenbar schick. T wie Terror. Das erklärt, was sie meinen. Wahrscheinlich kommen sie sich großartig vor. Als Bande – nun ja, wenn sie zu dritt sind, kann man sie als Bande bezeichnen."

Er, Mike und die Oma hatten Lockes Wunde untersucht.

Als Mike jetzt Jod aus dem Bad holte und das T einen gelben Anstrich erhielt, zischte Locke wie ein Preßluftgerät.

„Mache ich doch gern", grinste Mike. „Oder tut's weh?"

„Es brennt ein kleines bißchen. Etwa so wie ein Eimer glühendes Blei."

„Aha." Er drückte ein Heftpflaster drauf.

„Wenn sie dir beim nächsten Fußballmatch das Fleisch von den Knochen holen, Brüderlein, werde ich deine Wunden versorgen. Mit einem Liter Jod."

„Ich weiß, daß du mich liebst."

Gunter rief Kommissar Blank an, den er kannte.

Nicoles Vater war nicht mehr im Präsidium, sondern inzwischen zu Hause.

„Bei mir", sagte er, als Locke mit ihm sprach, „bist du an der richtigen Adresse. Ich führe jetzt die Ermittlungen gegen die Unheimlichen. Mit deiner Beschreibung der beiden kann ich was anfangen. Ist genauer als alles, was wir bisher haben. Aber für einen Steckbrief reicht es nicht."

Locke versprach, am Montag ins Präsidium zu kommen – wegen des Protokolls. Dann wählte sie Helgas Nummer.

Aber nicht Dr. Helga Conradi – Gunters Liebste und Lockes künftige Stiefmutter – hob ab, sondern Tom.

„Ich bin's, Engelbert. Schläfst du schon?"

„Hallo, Locke-Liebling! Nein. Ich arbeite wie ein Wilder. Du weißt doch, daß ich meine Bude tapeziere. Natürlich mache ich das meisterhaft. Aber unser Tiger will unbedingt mitarbeiten. Leider hat er was gegen poppige Tapeten. Was ihm nicht gefällt, reißt er runter. Schwanzwedelnd – vor Begeisterung."

„Ich bin verletzt, Tom."

Was?

„Was?“

„Die Unheimlichen haben mich überfallen, ausgeraubt und mit dem Messer gekennzeichnet. Ein Teh haben sie mir eingeritzt. Weißt ja, wie sie das machen?“

Tom blieb stumm.

Wahrscheinlich knisterte jetzt der Hörer in seiner Karatefaust.

Sie kannte ihren Freund genau. Ihm gefiel es grundsätzlich nicht, wenn jemand ihr was tat.

„Wer sich“, sagte er mit eiserner Ruhe, nachdem sie berichtet hatte, „an dir vergreift, war die längste Zeit gesund. Die kaufe ich mir – die beiden. Und den dritten gleich mit. Ich finde sie.“

„Du? Wir!“

„Na, gut!“

„Also, Tom, ein Fall für uns.“

„Gebongt! Leg dich noch nicht aufs Ohr. Ich brettere mal eben zu euch. Will sehen, wie's dir geht. Bis gleich, mein Schatz.“

Er legte auf, bevor sie sagen konnte, es gehe ihr gut.

Aber gesagt hätte sie's sowieso nicht. Daß er herkam, war auf jeden Fall der richtige Abschluß des Tages.

Das dachte sie – und konnte nicht ahnen, daß der Abschluß ganz anders werden sollte.

3. Erster Hinweis auf Panutzke

Biedermann, Stadtrat und Taxi-Unternehmer, schloß die Tür seines Bungalows auf und trat in die Diele.

„Bist du's, Adolf?“ rief Veronika aus dem Schlafzimmer.

Seine Frau war zwei Minuten vor ihm heim gekommen und schlüpfte soeben in einen Hausanzug.

„Ich bin's.“

Wer, zum Teufel, soll es sonst sein, dachte er und schlurfte zu ihr.

„Du hast dir die Füße nicht abgetreten“, pfiff sie ihn an. „Dieser Dreck! Sieh dir das an! Trägst mir den halben Garten auf den Teppich. Paß doch auf!“

„Ist mir piepegal“, meinte er.

Stirnrunzelnd betrachtete er den Hausanzug, den sie soeben zurecht zupfte. Schwarze Seide umfloß ihre füllige Figur.

Seine Frau war früher recht hübsch gewesen. Aber sie bewegte sich nicht gern. Das Wohlleben polsterte sie ringsum und auch im Gesicht, wo die Augen immer kleiner wurden und die Züge immer schwammiger. Sie war eine Blondine, aber keine echte.

„Was ist?“ fragte sie spitz. „Gefällt dir mein Anzug nicht?“

„Was? Wieso?“

„Du starrst so mißbilligend.“

„Ich überlege. Deinen Fummel, den sehe ich doch gar nicht. Ich plage mich mit einer Idee.“

Das interessierte sie nicht.

„Ich komme eben von der Stra-Fü“, erzählte sie. „Irrer Trubel. Hatten heute einen bemerkenswerten Fall. Aber ich weiß nicht, ob ich in Zukunft noch mitmache. So richtig selbstverwirklichen kann ich mich dabei nicht. Und wann kommen wir von der Stra-Fü schon mal in die Zeitung? Du liebe Güte! Fast nie.“

„Ja.“

„Was ja? Hörst du zu?“

„Ja."

Sie verdrehte die Augen.

Stra-Fü war ihre Abkürzung für Strafgefangenen-Fürsorge.

Eine Reihe wohlhabender Damen hatte sich, als ihnen Bridge (*Kartenspiel*) zu langweilig wurde, zu einer privaten Vereinigung zusammengefunden. Ihr hehres Ziel war, entlassene Knastis zu betreuen.

... ihnen mit Rat und tätiger Hilfe zur Seite zu stehen ..., wie es in den Satzungen hieß.

In der Praxis bedeutete das: Jeder altgediente Ganove, der sich mal wieder ungesiebte Luft reinziehen durfte, erhielt ein neues Hemd, zwei Paar Wollsocken, eine Wegzehrung in Form von Selbstgebackenem und 100 DM Taschengeld.

„... der Mann, stell dir vor!, der heute entlassen wurde, hat 19 Jahre abgesessen. Ein ganz schwerer Junge, wie man so sagt. Paul Panutzke. Er war damals Bankräuber, Räuber von Geldtransporten, Räuber überhaupt. Über eine Million soll er zusammengeräubert haben, heißt es. Und fünf Menschen – zum Teil lebensgefährlich – verletzt. Acht Vorstrafen waren schon auf seinem Konto. Ein Gewohnheitsverbrecher. Unverbesserlich! Deshalb mußte er so lange einsitzen. Du ahnst nicht, was für einen Spitznamen der hat."

„Sicherlich – Paule, der Räuber."

„Falsch! Leiche."

„Was?"

„In der Strafanstalt nannten sie ihn Leiche."

„Weshalb?"

„Weil er so aussieht. Wie eine Leiche. Eine Leiche zum Fürchten, sage ich dir. Solcher Leiche möchte ich nicht im Dunkeln begegnen. Zieh endlich deine Schuhe aus!"

Biedermann legte auch den Mantel ab.

Gerade wollte er von seinem U-Bahn-Erlebnis mit den Unheimlichen berichten, als er den Gegenstand in der Manteltasche spürte.

Himmel, das hatte er ganz vergessen! Vorhin die Aufregung.

Vorher der Umtrunk. Letztlich der Ärger mit dem Gang der Geschäfte. Alles zusammen mußte ein Gehirn ja überlasten.

„Hähähäh!" meckerte er – und zog die abgewetzte Lederhülle aus der Tasche.

„Ich finde das gar nicht amüsant", sagte Veronika. „Paul Panutzke, die Leiche, wird es schwer haben, sich einzugliedern ins bürgerliche Leben."

„Was?"

„Er wird es schwerhaben, sich einzugliedern", wiederholte sie mit doppelter Lautstärke.

„Vroni! Vergiß die Leiche. Das hier zählt."

Er schwenkte die Lederhülle.

„Was ist das?"

„Schrilltyps Brieftasche."

Sie musterte ihn, als wäre er übergeschnappt.

„Ich habe noch nicht reingesehen", erklärte er. „Aber hier guckt ein Zipfel vom Führerschein raus. Verstehst du, was das bedeutet. Natürlich nicht."

„Adolf!" bellte sie streng. „Wieviel hast du heute abend getrunken?"

„Soviel wie immer. Deshalb habe ich den Wagen bei Raffkowsky gelassen und bin U-Bahn gefahren."

Er setzte sich auf die Bettkante und erzählte.

Selbstverständlich habe er den beiden erbitterten Widerstand geleistet, sei aber ihrer brutalen Gewalt unterlegen.

Veronika fiel von einem Schreck in den andern.

Zum Schluß umarmte sie ihren Ernährer, was der mit leichter Ungeduld über sich ergehen ließ.

„Tja, Vroni, und als die beiden aus dem Wagen rannten, schob Schrilltyp sein Messer in die Tasche zurück. Dabei – ich sah's genau – fiel ihm die Brieftasche raus. Hat nichts gemerkt, der Verbrecher. Der wird jetzt noch nicht wissen, wo er sie verloren hat."

„Ist das nicht großartig, Adolf. So gleicht das Schicksal aus."

„Du sagst es."

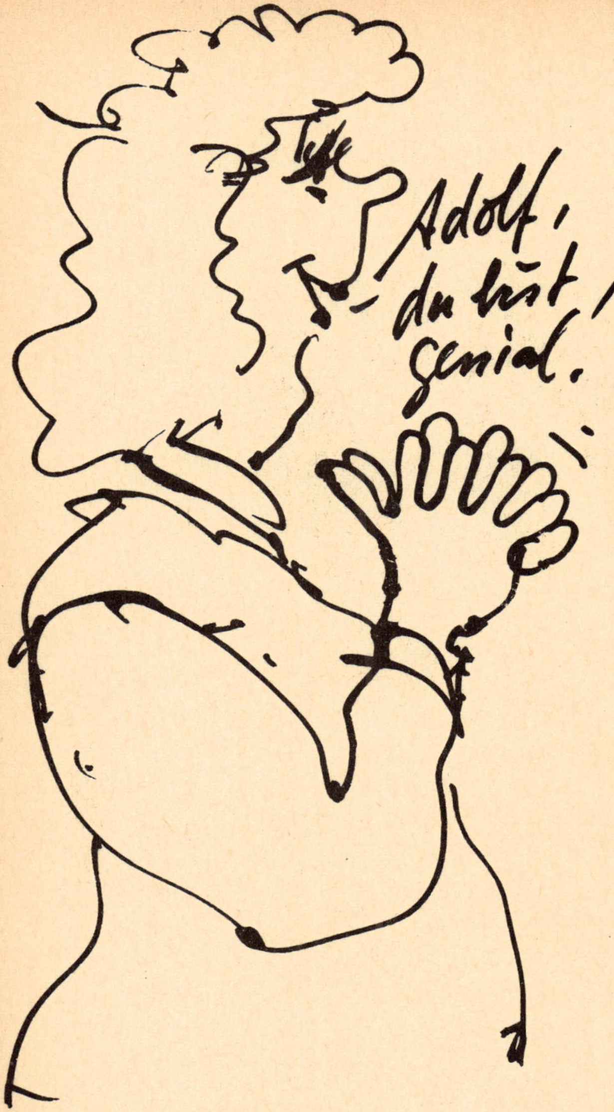
Adolf, du bist genial.

„Du verständigst die Polizei. Die Bande wird aufgerollt. Du bist der Held des Tages – was sage ich, der Woche!"

„Nein."

„Klar doch! Dir wird die ganze Stadt dankbar sein."

„Auf Dankbarkeit bin ich nicht scharf. Ich will Kohle sehen." Er rieb Daumen und Zeigefinger aneinander. „Deshalb werde ich meine Idee durchziehen. Wenn die Unheimlichen mitspielen, dann blüht unser Geschäft."

„Ich verstehe kein Wort."

„Eins nach dem andern, Vroni! Erst beäugen wir mal, was Schrilltyp für ein Typ ist."

Er legte die Brieftasche auf ihr Kopfkissen.

„Nimm die runter!" schrie sie. „Vielleicht hat der Kerl die Pocken oder Aussatz. Igitt! Doch nicht auf mein Kopfkissen."

„Schon gut! So wie er aussieht – hatte er Pest, Blattern, Gelbfieber und Tbc schon als Kinderkrankheiten."

Grinsend trollte er sich mit der Brieftasche und auf Strümpfen ins Wohnzimmer.

Neben Veronikas Fernsehsessel stand ein Tischchen.

Üblicherweise war das der angestammte Platz für eine Pfund-Packung Pralinen. Veronika bezeichnete sich als Lekkermaul, kannte auch jede gängige Schlankheitskur, hatte aber noch keine erprobt.

Er setzte sich in ihren Sessel und klappte Schrilltyps Brieftasche auf.

Tatsächlich! Der Führerschein. Klasse drei und vier. In diesem Jahr ausgestellt.

„Er ist 18, fast 19, heißt Otto Löhrf."

Er zeigte ihr das Foto.

„Igitt! Verschlagen sieht er aus."

„Hm – ja. Aber nicht unbedingt abstoßend. Wenn man nicht wüßte, was er treibt, wäre er ganz nett."

Er stöberte weiter, fand 110 DM und ein an Löhrf adressiertes Schreiben vom Arbeitsamt. Es enthielt einen Vordruck belanglosen Inhalts.

„Offenbar ist er arbeitslos – ist gelernter ... Bauarbeiter. Von mir aus. Wohnt Lilienweg 11. Na, also! Dann kann die Sache steigen. Bring mir mal das Telefon, Vroni."

„Willst du ihn etwa anrufen?"

„Und ob!"

„Adolf! Was hast du vor?"

„Ich werde unser Geschäft ankurbeln. Ich sorge dafür, daß unsere Stadt nachts noch unsicherer wird. Terror in den Straßen, Terror in der U-Bahn, Terror in der S-Bahn, Terror überall – nur nicht ... na, du errätst es?"

„Keine Ahnung."

„Nur nicht in den Taxis. Besonders nicht in den Biedermann-Taxis. Die sind von Anbruch der Dunkelheit bis zum Morgengrauen unterwegs. Und die Fahrgäste werden nur so strömen, um sicher nach Hause zu kommen – falls sie nicht selbst fahren. Aber wer von 'ner Feier kommt oder aus 'ner Kneipe, der wäre schnell den Führerschein los. Deshalb mein neuer Werbe-Slogan – ich sehe ihn schon: Nachts sicher nach Hause – natürlich im Taxi. Biedermann-Taxis rund um die Uhr – Telefon 55 56 66. Hah! Wie ist das?"

Bewundernd sah sie ihn an.

„Adolf, du bist genial. Du bist der Größte. Aber ich durchschaue noch nicht, wie du uns die Fahrgäste zutreiben willst."

„Das besorgen die Unheimlichen – falls sie mitmachen. Aber ich glaube, sie werden."

„Sonst läßt du sie auffliegen?"

„Damit drohe ich. Freilich – das allein wird sie nicht zu großen Taten anspornen. Ein bißchen Kohle muß ich zunächst investieren (*anlegen*). Aber das zahlt sich aus. Zehnmal – hundertmal kriege ich das wieder rein."

4. Terror! Raub! Gewalt!

Seine dicken Finger blätterten im Telefonbuch.

L ... Lö ... Löhmann ... Löhrf ... aha!

Otto Löhrf. War das Schrilltyp? Oder der Vater?

„Und vergiß nicht, die Stimme zu verstellen, Adolf!"

Veronika kniete neben ihm.

Sie hatte das Telefon gebracht. Alle Speckwülste an ihr bebten vor Aufregung.

Er nickte, legte den Hörer neben die Pralinenpackung und wischte sich die Handflächen ab. Sie schwitzten.

Veronika nestelte an der sechs Meter langen Telefonschnur. Biedermann deckte sein Taschentuch über die Sprechmuschel. Ein Trick, der die Stimme verzerrt.

Kaum daß er gewählt hatte, wurde abgehoben.

„Löhrf."

Im Hintergrund dudelte ein Radio.

„Bist du's, Schrilltyp?" vergewisserte er sich.

„Ja. Wer spricht?"

Bei jedem Wort rollte Biedermann die Zunge ein. Es klang, als hätte er den Mund voller Schweinerippchen mit Soße.

„Das spielt jetzt keine Rolle. Hör dir gefälligst an, was ich zu sagen habe. Vielleicht hast du mich vorhin bemerkt."

„Was? Wo bemerkt?"

„U-Bahn-Station Moosheide. Ich stand hinter dem Kiosk."

„Und?"

„Vermißt du deine Brieftasche?"

Schrilltyp schwieg. Natürlich vermißte er sie. Aber war er auch beunruhigt?

„Die hast du verloren", gurgelte Biedermann seine zungengerollten Worte weiter, „als du mit deinem Komplicen getürmt bist. Zack – hoch die Treppe. Tja, und ich habe deine Brieftasche aufgehoben. Bin dann dem dicken Typ und dem hübschen Mädchen auf den Fersen geblieben – und habe gerafft (*begriffen*), was da gelaufen ist. Du bist einer der Unheimlichen."

„Nöööh."

„Klar bist du das."

„Mann, ich bin's wirklich nicht. Haben Sie meine Brieftasche noch?"

„Die habe ich."

„Prima! Ich hole sie mir bei Ihnen ab, ja? Die 110 Eier – sind Ihre. Ich brauche nur den Führerschein – und die Brieftasche. Ist 'ne Erinnerung an meine verstorbene Mutter."

Biedermann lachte. Dann mußte er die Zunge wieder aufrollen.

„Mir bricht das Herz, Schrilltyp. Wie heißt dein Kumpel?"

„Feuermal?"

„Den Spitznamen kenne ich. Wechselt ihr die täglich – wie eure Pappnasen?"

„Äh ... also ... warum sollten wir die wechseln?"

„Weil das sonst verräterisch sein könnte."

„Wir haben nichts zu verbergen – wie ich schon sagte."

„Hör mal, Freundchen. Das lassen wir jetzt, ja! Ihr seid die Unheimlichen. Wenn ich den Bullen Bescheid gebe, haben sie dich sofort am Arsch. Dann wirst du schon ausspucken, wie deine Freunde heißen. Aber ich will euch nicht hochgehen lassen, sondern ein Geschäft mit euch machen."

„Das hört sich schon besser an. Hm, also die Spitznamen – jeder hat sieben. Für jeden Wochentag einen. Ist ein irres Gehirntraining, sich die alle zu merken. Wir haben geübt. Morgen heiße ich Chaot, Feuermal wird Sponti und Sülzauge nennt sich Spider (*Spinne*). Was für 'n Geschäft?"

Biedermann grinste. Er hatte sie in der Hand – alle drei. Und Löhrf wußte es. Er wurde handzahm.

„Du hast meine Frage noch nicht beantwortet, Löhrf."

„Welche?"

„Wie heißt dein Kumpel?"

„Er ist der Boss. Es wäre besser, wenn er selbst mit Ihnen ... Er wird Sie zurückrufen, ja?"

„Löhrf! Ich sehe schon die Bullen bei dir!"

„Also gut! Panutzke. Friedhelm Panutzke."

„Und der dritte?"

„Roderich Schackl. Mann, die schlitzen mich auf. Wenn Sie 'ne linke Tour machen, sind wir geliefert. Aber glauben Sie nicht, daß für Sie der Frieden ausbricht, wenn wir im Knast hocken. Ewig bleiben wir nicht drin. Und dann finden wir Sie. Und dann werden Sie sich wünschen, Sie lägen längst im Familiengrab."

Biedermann legte die Hand über die Muschel und wies seine Frau an, ihm ein Bier zu bringen.

Aber sie schüttelte den Kopf.

„Nachher! Jetzt will ich alles hören."

Er gab die Muschel wieder frei.

„Keine Sorge! Solange ihr spurt, erfährt kein Bulle was. Und jetzt zum Geschäft. Ihr sollt weitermachen. Wie bisher! Terror! Raub! Gewalt! Und euren Spaß mit dem Teh! Aber ihr sollt euch ein bißchen spezialisieren. Neulich habt ihr zwei Omas überfallen, als die ins Taxi steigen wollten. Und habt den Fahrer, einen Türken, zusammengehauen. Ab sofort Hände weg von Taxis! Begriffen? Ihr rührt kein Taxi an und keinen Fahrer. Und keine Aktion in der Nähe eines Taxi-Platzes! Statt dessen volle Pulle drauf in der U-Bahn. In den Grünanlagen. In unbelebten Straßen. Ist das drin in deinem Gehirn?"

„Voll!"

„Ich bezahle euch."

„Mann, das ist heißer Sound (*Klang, Musik*) in meinen Ohren."

„Für große Aktionen zahle ich jedem einen Hunderter."

„Vorher oder hinterher?"

„Hinterher. Das Geld hinterlege ich in einem toten Briefkasten. Auch deine Brieftasche."

„Wo?"

„Die erste Kohle könnt ihr euch abholen auf dem Heimgang-Friedhof. Nahe der Kapelle ist das Grab eines Grafen. Edmund Fels Poldi Graf Schongang-Tretzl. Ist leicht zu finden. Ins Efeu hinter den Grabstein stelle ich eine Blechbüchse mit 300 Piepen."

„Klasse, Mann! Sie sind gar nicht so übel, wie ich erst dachte. Werde Friedhelm und Roderich Bescheid geben. Starke Typen! Was die sind, heizen sie sofort los, und die letzte U-Bahnfahrt wird zur Hölle. Ich kann leider nicht mitmachen. Habe mir den Knöchel verknackst und bin beim Humpeln nicht schnell genug. Wir ..."

„Augenblick", unterbrach ihn Biedermann. „Als erstes sollt ihr einen Spezialauftrag für mich erledigen."

Adolf Biedermann fühlte Veronikas erstaunten Blick.

Er war erstaunt über sich selbst.

Während des Gesprächs hatte sich die Idee entzündet – im Rache-Zentrum seines Gehirns.

Jetzt, endlich, hatte er eine Möglichkeit, es dem verdammten Kerl heimzuzahlen. Stets und ständig hatte der ihn angeschossen – im Tageblatt – auch andere, sicherlich, aber ihn, Adolf Biedermann, ganz besonders. Dieser verdammte Rehm! Offenbar hielt der sich für das Gewissen der Stadt.

Löhrf wartete. Veronikas Blick hing an Biedermanns Lippen.

Er grinste, rollte die Zunge auf, was allmählich schmerzte, und ließ den Plan raus.

„Der Mann heißt Gunter Rehm. Er wohnt ... weiß ich nicht. Aber das findet ihr im Telefonbuch. Gunter Rehm, Redakteur. Schreib dir das auf!"

„Kann ich mir merken, Chef. Außerdem habe ich von dem schon gehört. Ist beim Tageblatt, wie?"

„Ist er. Er hat ein Haus. Schmeißt ihm die Scheiben ein. Aber ordentlich! Meinetwegen könnt ihr auch Feuer legen. Am besten noch heute nacht. Reißt ihm den Zaun um. Klaut seinen Wagen. Irgendwas! Er soll merken, daß er nicht so beliebt ist, wie er sich einbildet. Daß er Feinde hat. Kapiert?"

„Alles klar, Chef."

„Dann macht mal."

„Chef!“

„Was ist noch?“

„Sind Sie Taxifahrer oder Autohändler?“

Biedermann zuckte zusammen.

Der Bursche konnte denken. Bedeutete das Gefahr? Überhaupt nicht. Autohändler – vom Unfallwagen-Aufkäufer bis zum Rolls-Royce-Repräsentanten (*-Vertreter*) – gab's hier zuhauf. Manche machten pleite, manche hielten sich – ständiger Wechsel. Und Leute mit dem Führerschein für Taxis – na, mindestens 6000 hatten den: Profis und Studenten, die sich ein Zubrot verdienten. Sogar Hausfrauen.

„Schlau gedacht, Löhrf. Aber daneben. Bei mir steckt was anderes dahinter. Ich hasse die U-Bahn, weil ... Das geht dich nichts an. Gegen sie will ich vorgehen. Daß ihr auch in Straßen und Parks zuschlagt, dient der Ablenkung. Sonst käme die Kripo gleich auf mich.“

„Aha!“ Löhrf verstand nichts. Deshalb sagte er: „Verstehe.“

Biedermann legte auf.

„Na, Vroni?“

„Heute nacht muß ich ein Mittel nehmen. Sonst kann ich nicht schlafen.“

Er grinste und fühlte sich wie Al Capone.

„Aber erst bringst du mir mein Bier.“

5. Oma wird verletzt

Wenn Schnelligkeit ein Barometer für Liebe ist, dann brach Tom alle Rekorde.

Als draußen ein Motorroller röhrte, sagte Locke:

„Das kann er noch nicht sein. Unmöglich."

„Typisch kleine Schwester", meinte Mike. „Tagein, tagaus knattert ihr Toms Hirsch – so, Omi, nennt er seinen Straßenschreck – in den Ohren. Aber sie kann den Radau bis heute nicht von einem Düsenjäger unterscheiden."

„Hauptsache, du kannst die Namen deiner Freundinnen auseinander halten", konterte Locke und spielte damit auf Mikes zweite Leidenschaft an.

Am heftigsten schwärmte er für Fußball, weshalb er auch als Libero beim FC-Eintracht ein hervorragender Bolzer war – dicht an der Bundesliga-Reife. Aber an zweiter Stelle, wie gesagt, kamen dann gleich vier bis fünf Mädchen.

Zu seiner Ehre sei gesagt, daß er die Vorbereitung aufs Abitur trotz alledem nicht schleifen ließ.

Es klingelte.

Locke flog zur Tür.

Toms Kriegspfad-Miene hätte jeden Gegner verscheucht.

Vorsichtig faßte er sie an den Schultern.

„Wo haben sie's dir eingeritzt?"

„Was?"

„Das Teh!"

„Ach so. Das tut nicht mehr weh. Ich vergesse es schon. Längst hätte ich's vergessen", sie hob die Stimme, „wenn mich mein doofer Bruder nicht mit Jod bepinselt hätte."

Sie hielt Tom Unterarm und Pflaster hin.

„Blutvergiftung?"

„Nein. Und wenn eine Narbe zurückbleibt, Tom, lasse ich mir dort eine Tätowierung hinmachen. Irgendwas Hübsches. Einen chinesischen Drachen. Oder ein Segelschiff, das gerade im Atlantik versinkt."

Tom grinste, küßte sie rasch und zog seine Windjacke aus.

Die Oma freute sich, als Tom sie umarmte.

Seit sie draußen in Birkenrode wohnte, sah sie Tom und dessen Mutter nicht mehr so häufig. Zwar keineswegs selten. Aber sie hätte nichts dagegen gehabt, täglich Besuch zu bekommen – am liebsten von allen: den Rehms und den Conradis, einschließlich Nicki, der sich mit Omas Katze, Frau Holle, gut vertrug.

Den Kakao, den Mike grinsend anbot, lehnte Tom ab – nachdem Lockes Blick ihn gewarnt hatte.

Sie mußte abermals erzählen, ausführlicher als am Telefon.

„Feuermal und Schrilltyp", murmelte Tom. „Nie gehört. Und unsereins kennt die Szene. Sind sicherlich Decknamen. Sonst würden sie damit nicht so rumwerfen."

Gunter nickte. „Damit veralbern sie ihre Opfer. Wie die aussagen, benutzen die Unheimlichen jedesmal ulkige Namen. Feuermal, Schrilltyp, Sülzauge, Dracula, Django, Sponti, Chaot ... Bestimmt machen sie das nur während der Überfälle. Das hilft also nicht weiter."

„Würdest du sie wiedererkennen?" fragte Tom seine Locke.

„Vielleicht. Sicher bin ich mir nicht. Diese klobigen Pappnasen mitten im Gesicht – und die Perücken: das verändert enorm."

„Grotesk (*wunderlich*) ist", sagte Gunter, „daß unserer Prinzessin von Adolf Biedermann Hilfe zuteil wurde. Nicht Hilfe in deinem Sinn, Tom – dann wären die Unheimlichen jetzt im Krankenhaus oder der dritte säße hinter Gittern –, sondern als Wiedergutmachung seiner Feigheit. Im Taxi hierher? Nicht zu fassen! Hätte der gewußt, wer du bist, Locke! Der wäre explodiert, Fräulein Nina."

„Manchmal", Tom grinste, „lese ich sogar das Tageblatt. Ist das *der* Biedermann? Den hast du aber schwer auseinandergenommen."

„Ist ein böses Schlitzohr", nickte Gunter. „Mit seiner Clique übt er einen gewissen Einfluß aus. Als Taxi-Unternehmer kriegt er zwar kein Bein auf den Boden – obwohl er viele Wagen hat –, aber er macht auch andere Geschäfte. Undurchsichtige. Als Politiker sabotiert (*durchkreuzt*) er die Jugendschutz-Programme. Weil er Freunde unter den Händlern hat, die Brutales und Schmutziges an Jugendliche verhökern wollen. Außerdem befürwortet er Tierversuche. Ohne Einschränkung. Aus ähnlichem Grund. Zu seiner Kumpanei gehören gewissenlose Tierzüchter, die ... aber ich will das nicht ausführen. Darüber wißt ihr bestens Bescheid." *(siehe Band 1: „Hundejäger töten leise".)*

Locke schnippte mit den Fingern.

„Ts! Eben fällt's mir auf! Der scheint gar nicht die Absicht zu haben, die Polizei zu verständigen?"

„Woraus schließt du das?" fragte Tom.

„Weil er sich mit ‚Fräulein Nina' begnügt hat – und nicht nachfragte, wie ich denn familienmäßig heiße. Geht der vielleicht ins Präsidium und stottert rum ... Nina, heißt sie ... mehr weiß ich nicht. Ich glaube, der kneift und hofft, ich mach's ebenso, weil ich ihn bestimmt nicht als Helden preise."

„Davon erfährt die Öffentlichkeit nichts", sagte Gunter. „Fürs Tageblatt ist der Überfall nur eine Meldung wert – wie auch immer der Stadtrat Biedermann sich verhalten hat. Wir kennen ihn. Das genügt. Gegen die beiden hätte er sowieso alt ausgesehen."

„Aber es gibt doch Situationen, Pap", entgegnete Locke, „wo es keine Rolle spielt, ob jemand siegt oder untergeht. Nur aufs Verhalten kommt es an. Das unterscheidet den Beherzten vom Feigling. Der Feigling kann bärenstark sein, der Mutige schwach. Ein richtiger Mann – finde ich – darf nicht zusehen, wenn zwei Rowdys ein Mädchen malträtieren."

Dagegen erhob sich kein Widerspruch.

„Aber", Tom legte seine Faust auf den Tisch, „eins steht fest, Locke: Es hilft beim Mut, wenn man weiß, wie man hauen kann. Die Aussicht auf Sieg ist verlockender als auf Untergang."

„Huch!“ Oma Rehm schüttelte sich. „Ich fange an, mich zu graulen. Es geht roh zu in der Stadt. In Birkenrode ist es friedlicher. Gunter, fahrst du mich nach Hause?“

Sie stand auf und trat zum Blumenfenster.

Es war das größte im Haus – ein Panoramafenster.

Auf der Marmorbank standen 14 Kakteen, eine Zwergpalme, ein Flaschenbaum mit grünem Hippie-Kopf und ein Halbdutzend anderer anspruchsloser Pflanzen.

Jeden Samstag gab's ein paar Tropfen Wasser. Das genügte. Dort, wo sie wild wuchsen, in öden Wüsten- und Steppenlandschaften, war die Verpflegung noch karger.

„Ich glaube, es regnet“, sagte Oma Rehm.

Locke blickte zum Fenster. Es wies zur Straße. Durch den Vorgarten konnte sie fast spucken, so schmal war er. Dann kam schon der Zaun.

Scheinwerferstrahlen zeigten Bindfäden aus Regen.

Ein Wagen kam heran. Er fuhr langsam, als suche der Fahrer eine Hausnummer.

Jetzt hielt er – genau vor dem Haus.

Wurde eine Tür geöffnet?

Das Fensterlicht reichte nicht bis zur Straße. Aber Locke meinte, eine Bewegung auf spiegelndem Lack zu erkennen. Doch in dem Wagen ging kein Innenlicht an.

Dann – war da was. Ein Schatten in der Luft.

„Omi!“ schrie sie. „Weg vom ...“

Es war schon zu spät.

Krachend zerbarst die riesige Scheibe. Splitter flogen und schwirrten. Ein glitzernder Schwall fiel hinter die Marmorbank.

Die Oma schrie auf. Zurücktaumelnd, griff sie um sich. Ihr rechtes Bein knickte weg.

Etwas Schweres polterte auf den Teppichboden. Draußen heulte der Motor auf.

Tom sprang hinter die Oma, fing sie auf. Gunter hechtete zum Fenster, von dem nur noch der Rahmen heil war. Mike stieß versehentlich die Kakao-Kanne um. Locke starrte auf den Ziegelstein.

Er war sauber und ziegelrot – wie frisch gebrannt. Das Wurfgeschoß!

„Mike!“ brüllte Tom. „Wir müssen hinterher. Mit deiner Maschine können wir ihn einholen.“

„Mein Knie“, jammerte die Oma. „Der Stein hat mein Knie getroffen. O Gott!“

Sie sank ihrem Sohn in die Arme, an den sie von Tom übergeben wurde.

Mike war schon in der Diele, Tom folgte in Riesensätzen.

Um Himmels willen, die Omi! dachte Locke. Sie ist 72, das Knie auch.

Sie half Gunter, die Seniorin auf die Couch zu betten.

Draußen starteten Tom und Mike mit der schweren Maschine.

Tränen rollten über Omas gütiges Gesicht. Sie versuchte, sich den Schmerz zu verbeißen, zitterte aber am ganzen Körper.

Am Knie war der Strumpf zerrissen und Haut abgeschürft. Aus einer Rißwunde quoll Blut.

„Es ist gebrochen, Kinder. Ja ... das ganze Bein ist gebrochen. Es ... tut überall weh.“

Gunters Gesicht war kalkweiß. Er befühlte das schmale, nicht mehr starke Gelenk.

„Ich glaube nicht, daß es gebrochen ist, Mutter. Aber wir gehen kein Risiko ein. Ich trage ich zum Wagen. Wir fahren sofort ins Krankenhaus. Dort wird genau untersucht und geröntgt. Dr. Kreuzer von der Ambulanz ist mein Freund. Er wird dich bestens versorgen.“

„Euer schönes Fenster!“ Oma Rehm schlug die Hände vors Gesicht. „Aber keine Pflanze ist umgefallen.“ So sehr sie auch selbst verletzt war, Oma dachte zuerst an die Pflanzen und an den Schaden im Fenster.

Locke streichelte ihrer Oma die Wange, sah jetzt zum Fenster, durch das der Regen herein peitschte, und wunderte sich.

Tatsächlich – der gesamte Dschungel hatte den Anschlag unbeschadet überstanden.

„Pap, wer war das?“

„Mir fällt niemand – aber auch kein einziger – ein.“

„Ich habe solche Angst um die Jungs“, sagte die Oma. „Die rasen doch jetzt. Und die Straßen sind naß.“

Gunters Miene drückte aus, daß er die Sorge teilte. Aber er sagte beruhigend: „Mike fährt hervorragend – er ist Spezialist für Nässe. Komm, Mutter. Damit dir nicht schwach wird, trinkst du rasch einen Cognac.“

„So eine Hinterlist!“ Allmählich wich der Schreck von Locke. Die Entrüstung überwog. „Da hätte doch ... Der Stein hätte Omi am Kopf treffen können. Und wie schnell fliegt ein Splitter ins Auge.“

„Wir werden feststellen, wem wir das verdanken“, sagte Gunter. „Aber jetzt zum Krankenhaus. Hol deine Jacke, Locke!“

6. Leisebier und Strolch

Mike fuhr. Tom saß auf dem Sozius.

Sie duckten die Köpfe. Regen nahm ihnen die Sicht. Der Asphalt glänzte. Wo war der Wagen?

„Nichts“, rief Tom, „habe ich von ihm gesehen. Jedenfalls nur das Scheinwerferlicht. Dieser elende Lump – oder sind’s Lumpen? – hätte die Oma fast umgebracht.“

„Ja!“ schrie Mike und drehte auf.

Die Straße war dunkel, keine Menschenseele zu sehen.

Hinter der Kreuzung – weit voraus: Waren das Rücklichter?

Als sie dort anlangten, stand ein Mann am Straßenrand und schüttelte drohend die Faust. Er blickte die dunkle Alb-Straße hinunter. Aber dort war nichts zu sehen.

Eine Lichtpeitsche beschien den Mann – und den Eingang zum Luisen-Park, der als spielfeldgroße Grünanlage den Namen kaum verdient.

Neben dem Mann saß ein Hund, angeleint. Er blickte nicht in die Alb-Straße, sondern zu den Jungs. Es war ein schwarzer Pudel mit regennassem Krönchen.

„Dem Opa kocht die Galle“, sagte Mike. „Fragen wir mal.“

Er hielt bei dem Mann und schaltete die Maschine auf Leerlauf.

„Hallo!“ sagte er. „Können wir Ihnen helfen?“

Der Pudel sprang auf und begann zu wedeln. Sein Herrchen war ein älterer Grimmling mit trutzigen Zügen.

„Dieses Gesindel!“ rief er. „Anzeigen sollte man sie. Um Haaresbreite hätten sie meinen Strolch überfahren. Weil sie gerast sind wie die Verrückten. Dabei passiert’s dann. So ist es doch immer. Keinen Fuß hatte ich auf der Fahrbahn und Strolch keine Pfote. Hier am Bordsteinrand haben wir gewartet – weil wir die Rakete schon sahen. Wissen Sie, was dann war?“

Tom und Mike schüttelten wie auf Kommando die Köpfe.

„Der Wagen ist über den Gehsteig gerast. Hier! Hier ist noch der Reifenabdruck. Wahrscheinlich hat der Fahrer getrunken.

Oder der Wagen ist im Wasserschwall gerutscht – gedriftet. Jedenfalls – hätte ich Strolch nicht zurückgerissen, an der Leine –, wäre mein Hund jetzt tot. Um soviel“, er zeigte eine Unterarmlänge, „hat der Wagen uns verfehlt.“

„Wir haben den Wagen verfolgt“, erklärte Mike. „Die Insassen haben bei uns einen Stein durchs Fenster geworfen. Unsere

Oma ist verletzt. Aber wir wissen nicht, wer's war. Keine blasse Ahnung haben wir. Jetzt hat's keinen Sinn mehr, nach dem Wagen zu suchen. Aber Sie werden uns helfen, Herr ..."

„Leisebier, Eduard Leisebier", stellte er sich vor.

Die Jungs nannten ihre Namen.

Strolch machte Männchen und bot eine Pfote an.

Tom beugte sich zu ihm und begrüßte den freundlichen Vierbeiner. Er hatte braune Augen wie Nicki. Toms Tiger, ein Mischling aus Boxer und Wolfshund, mag Pudel freilich nur, wenn sie längere Zeit nicht gebadet haben.

Leisebier bemerkte die erwartungsvollen Blicke.

„Ihr wollt wissen, was auf dem Nummernschild stand? Tut mir leid! Tut mir wahnsinnig leid. Aber im ersten Moment hätte mich fast der Schock umgeworfen. Und im zweiten war der Wagen schon ein Stück weg. Meine kurzsichtigen Augen erkennen nicht mehr viel."

Scheibenhonig! dachte Tom.

„Aber Sie wollten sich das Nummernschild merken?" fragte Mike.

„Selbstverständlich. Ich glaube, es war ein hiesiges. Und ein bißchen was habe ich erkannt. Die beiden letzten Ziffern sind 48. Oder 43. Nein! 48! Ja, ich bin sicher."

„Das ist doch was", lobte Mike.

„Dazu die Beschreibung des Wagens", sagte Tom, „und schon zappeln die beiden Typen in der Schlinge."

„Rot!" rief Leisebier. „Er war rot."

„Und das Fabrikat?" forschte Mike.

„Ein ... äh ... keine Ahnung. Von hinten sah er aus – wie fast alle."

„Groß oder klein?"

„Wenn ich das wüßte. Eine Rakete schoß heran. Ein roter Blitz zuckte vorbei. Und Kofferraum ist Kofferraum."

„Aber es handelt sich nicht um einen Kleinwagen?" fragte Tom.

„Nein. Er war zwischen mittel und groß. Mittelgroß oder größer. Ich kann wirklich überhaupt nichts dazu sagen. Wenn ihr erst mal Augen habt wie ich, werdet Ihr das verstehen. Meine Fernsichtbrille liegt zu Hause. Wenn wir gassi gehen – wozu brauche ich sie da?"

Bei dem Wort ‚gassi' wedelte Strolch.

„Von den Insassen haben Sie nichts gesehen?"

Nein, er war weder mittel und groß

„Nur, daß es zwei waren. Aber ich weiß nicht, ob es sich um Männer handelte oder um Frauen."

Die Jungs bedankten sich und fuhren zurück.

Im Haus brannte Licht, aber niemand war da – der Saab verschwunden.

Auf dem Tisch lag ein Zettel: *– sind mit Omi ins Krankenhaus. Zu Dr. Kreuzer –*

„Diese Teufel!" knurrte Tom. „Werfen einen Ziegelstein. Treffen die alte Frau. Sie müssen doch gesehen haben, daß jemand hinter dem Blumenfenster stand. Wir hatten Licht. Die Gardine hängt nur im oberen Drittel ..."

„Damit die Pflanzen Licht speichern", flocht Mike ein.

„... und der Regen auf der Scheibe ersetzt keinen Vorhang. Sie müssen es gesehen haben. Aber es war ihnen wurscht. Verbrecher!"

Die beiden Jungs räumten auf.

Den Ziegelstein legten sie beiseite, um ihn als Beweisstück aufzuheben.

Um Nachtluft und Regen endlich auszusperren, ließen sie die Jalousie herab.

„Schlimm!" meinte Mike. „Eine schlimme Erfahrung. Man kann's also nicht mehr riskieren, nachts im Parterre am Tisch zu mehreren im erleuchteten Raum zu sitzen, ohne die Schotten dicht zu machen. Jalousie runter! Fensterläden zu! Kriminelle gehen um. Man wird zur Zielscheibe. Beim nächsten Mal fliegt eine Handgranate herein. Haben die uns nur zufällig als Opfer erwählt – oder ist der Anschlag gezielt?"

„An solche Zufälle glaube ich nicht. Gunter tritt auf zu vielen Zehen herum."

„Wenn Journalisten die Wahrheit schreiben, machen sie sich unbeliebt."

„Jedenfalls bei denen, deren Missetaten sie aufdecken. Nicht bei den Lesern."

Mike versuchte, einen Glaser zu erreichen. Bei den meisten läutete nur das Telefon. Bei der Schnelldienstfirma schaltete sich der automatische Anrufbeantworter ein. Mike sprach aufs Band, was er wünschte, und hinterließ die Rehmsche Adresse.

Tom rief seine Mutter an.

Dr. Helga Conradi hatte den Abend in ihrer Tierarzt-Praxis verbracht und sich mit der blöden Buchführung amüsiert.

„Wo bist du?“ fragte sie mit Glockenstimme. „Ich denke, du tapezierst dein Zimmer.“

„Das besorgt Nicki, Mütterchen. Ich bin bei dem nicht-blutsverwandten Teil unserer künftigen Großfamilie. Hast du nicht gehört, wie ich weggedüst bin?“

„Nein. Aber du hättest mir Bescheid sagen können.“

„Zu wenig Zeit. Locke kam frisch von einem Überfall. In der U-Bahn ...“

Er berichtete, auch über den Ziegelsteinanschlag und dessen schlimme Folgen für die Oma.

Helga stöhnte. „Das ist ... Leg auf, Tom. Ich rufe gleich im Krankenhaus an. Und du kriegst auch was ab! Wie kannst du mich hier mit meiner Buchführung zurücklassen, wo Locke verletzt ist! Was dir bekannt war, als du wegfuhrst!“

„Hm. Wußte ja selbst nicht ... Wir wollten dich gerade verständigen. Da flog der Ziegelstein.“

„Aber du bist ohne mich losgebrettert, du selbstsüchtiger Halunke. Hätte ich das vor 16 Jahren gewußt, wärst du in der Wiege vertauscht worden. Schäm dich!“

„Ich mache es wieder gut und tapeziere auch dein Zimmer.“

„Untersteh dich!“

Als er den Hörer zurücklegte, klingelte ihm der Apparat in den Handteller.

Locke rief aus dem Krankenhaus an.

„Die Oma muß hier bleiben, drei oder vier Tage. Es ist nicht sehr schlimm, jedenfalls liegt kein Bruch vor. Aber Dr. Kreuzer will ganz sichergehen. Das Knie hat jetzt einen Bluterguß. Arme Omi! Hast du den Täter umgebracht?“

„Die sind entkommen. Zwei waren es. Aber das erzählen wir, wenn ihr hier seid.“

7. Nach 19 Jahren Knast

Die ersten Schritte in Freiheit hatte er sich anders vorgestellt – nach 19 Jahren Strafanstalt.

Nichts erschreckte ihn: weder die Menschenmenge noch der Verkehr der Großstadt.

Paul Panutzke, Leiche genannt, verbrachte den Nachmittag mit Staunen. Wie sich alles verändert hatte! Er schlenderte durch die Innenstadt. Er setzte sich in eine Kneipe und aß. Aber er verzichtete auf Alkohol, denn er wollte keine „Fahne" riskieren, um nicht unangenehm aufzufallen.

Am frühen Abend war er eingeladen. Strafgefangenen-Fürsorge nannte sich der Privatclub bescheuerter Zicken. Dort ließ sich was abstauben.

Er hatte die Adresse. Als es an der Zeit war, sockte er hin. Die Weiber tagten im Hinterzimmer eines Cafés. Er amüsierte sich darüber, wie sie bei seinem Anblick erschraken.

Nun ja, sein Spitzname paßte. Er sah wirklich aus, als wäre er auf dem Weg zur eigenen Beerdigung.

Aber das täuschte. Höchst lebendig fühlte er sich – und hatte noch viel vor.

Sie nervten ihn. Er grinste. Sie schenkten ihm ein Hemd, das zu groß war, Wollsocken, einen Kuchen und 100 Mark.

Er dankte und machte sie verlegen, weil er alle auf die Wange küßte.

„... ich trete Ihnen doch nicht zu nahe, meine Dame. Man sagte mir, das sei hier so üblich. Und ich habe, Sie verstehen, seit 19 Jahren niemanden geküßt. Gemischte Schulklassen gibt es. Gemischte Knastbuden, hähä, leider noch nicht."

Sie überschütteten ihn mit Ratschlägen – dummem Zeug ohne Nutzen. Dann konnte er sich abseilen.

In der nächsten Kneipe nahm er ein paar Cognac zur Brust. Jetzt durfte er an sich denken – das bedeutete: an den Koffer.

War er noch da? Hatte er die 19 Jahre überdauert? Oder war er verfault – samt Inhalt?

820000 Mark, dachte er. Damals ein Vermögen – heute immer noch ein Vermögen, wenn auch die Geldentwertung daran genagt hat. Beute! Seine Beute! Die blöden Bullen! Der dämliche Staatsanwalt. Sie glaubten, er hätte alles verlebt – durchgebracht beim Spiel und mit Weibern. Damals. Aber nein! Er war immer wie ein Sparschwein gewesen. An die Zukunft denken, sichergehen, zurücklegen, einmachen. Nichts hatte er sich gegönnt, sondern die Beute versteckt. Im vorläufigen Versteck – das nicht auf Dauer geeignet war. Aber dann kam der Hammer. Sie schnappten ihn. Aus.

Und Hannelore, die Schlampe, sinnierte er, hat mich nicht ein einziges Mal besucht. Hat sich scheiden lassen nach 'nem halben Jahr. Ob sie noch lebt?

Interessiert mich einen Dreck! redete er sich ein. Trotzdem – verdammt gern hätte er gewußt, wie sie jetzt aussah.

Er leerte sein Cognacglas, bezahlte und trat hinaus in die Nacht.

Jetzt wollte er das Geld holen. Es mußte noch da sein. Sonst ...

Nein, dachte er. Mich wirft nichts mehr um. Auch die Enttäuschung nicht.

Er taperte los, suchte ein Taxi. Als eins vorbei rollte – mit eingeschaltetem Licht auf dem Dach –, winkte er.

Eine Frau saß hinter dem Lenkrad. Sie wirkte müde und abgespannt. Ein mißtrauischer Blick traf sein Leichengesicht.

Er setzte sich neben sie.

„'n Abend. Zum Fliederweg."

„Und wohin dort?"

„Halten Sie beim ersten Haus."

„Wenn Sie sich bitte anschnallen wollen ..."

„Muß ich?" Ihm paßte es nicht, wenn ihm jemand Vorschriften machte. 19 Jahre lang hatte er das hinter dicken Mauern ertragen.

Erstaunt sah sie ihn an.

„Selbstverständlich. Es ist Pflicht."

Er hakte den Automatikgurt ein, was ihm aber nicht gleich gelang.

Mist! dachte er. Damals war das anders. Und anschnallen konnte sich, wer wollte. Merkt man mir an, wie lange ich nicht mitgespielt habe hier draußen?

Sie fuhren. Der Wind trieb Regenschauer vor sich her. Laternen und Lichtpeitschen waren von gleißenden Perlenschnüren umsponnen.

Fliederweg – das klang nach Blütenduft. Aber die Gegend war heruntergekommen – damals jedenfalls. Und wahrscheinlich hatte sich nichts gebessert.

In Nr. 11, einem Haus mit schwammfeuchten Wänden, hatten er und Hannelore gewohnt. Selbstverständlich war sie inzwischen weggezogen. Das war immer ihr Wunsch gewesen.

Im Garten, dicht an einer niedrigen Ziegelsteinmauer, hatte er den Koffer vergraben: einen Handkoffer aus Leder, strapazierfähig und mittelgroß. Er enthielt das Geld – die 820000! Es war zusätzlich in Zeitungspapier eingehüllt, aber ... hm ja, er würde sehen ...

Hauptsache, dachte er, es hat niemand dort gegraben. Aber wer sollte? Und wozu?

Außerdem hatte er seine Beute ziemlich tief eingebuddelt. Zwar wollte er sie dort nicht länger als ein paar Wochen lassen – doch dann, wie gesagt, schnappten sie ihn, und aus den Wochen wurden 19 Jahre.

Hätte Hannelore mich im Knast besucht – hätte sie zu mir gehalten, statt gleich die Scheidung anzuleiern, dann, o ja, hätte ich ihr einen Kassiber (*geheime Nachricht aus dem Gefängnis*) geschickt, damit sie das Geld kriegt. Aber so ... Ihre Schuld! Hat 820000 verpaßt. Nur weiß sie's nicht.

Freunde hatte er nicht. Von den ehemaligen Komplicen hatte er keinen für würdig befunden, das Geld zu verwahren. Wem konnte er da schon trauen?

Der Regen fegte die Straßen leer. Als sie sich dem Fliederweg näherten, war keine Menschenseele zu sehen.

Die Fahrerin bog ab. Ein Straßenschild huschte vorbei – war unleserlich in der Dunkelheit. Auf den Grundstücken rechts und links türmte sich Schutt.

„Soll ich hier halten?"

„Was denn? Das ist doch nicht der Fliederweg."

„Natürlich ist er das."

Sie war gereizt, hatte vermutlich tagsüber den Haushalt und drei Kinder versorgt. Jetzt mußte sie fahren, ihren Mann ablösen, der schon 14 Stunden Dienst gemacht hatte – und das, wo sie die Grippe in allen Gliedern spürte.

Panutzke glotzte umher.

„Fliederweg?" fragte er blöde.

„Erwarten Sie Flieder? Das war mal – vielleicht vor hundert Jahren. Jetzt wird hier saniert (*wieder lebensfähig machen*). Die Stadt läßt die alten Hütten abreißen. Sozialwohnungen werden demnächst gebaut."

„Ach so."

„Soll ich nun halten?"

„Ja, bitte."

Sie waren ein Stück weitergerollt.

Nr. 11 – wo war Nr. 11? Abgerissen? Hatten Raupenschlepper den winzigen Garten zerwühlt? Häufte sich Schutt auf der Stelle, wo sein Koffer vergraben war?

Sie hielt. Er bezahlte. Wie um das Schicksal zu bestechen, gab er ein fürstliches Trinkgeld. Aber sie dankte nur knapp. Die Grippe verdarb ihr jede Freude.

Er stieg aus. Sein derber Mantel hielt den Regen ab. Die Nässe im strähnigen Haar störte ihn nicht. Was er bei der StraFü erhalten hatte, trug er als Paket unterm Arm. Seine übrigen Habseligkeiten – der Plunder von damals – waren in einem Schließfach untergebracht.

Das Taxi fuhr ab.

Er sah sich um.

Nicht wiederzuerkennen!

Aber er schöpfte Hoffnung.

Sein Blick drang in die Dunkelheit. Gebäude standen dort, unbeleuchtet, aber aufrecht.

Offenbar waren die Abbrucharbeiten im ersten Drittel der Straße hängengeblieben.

Er ging ein Stück. Hier trennten noch Zäune die Grundstücke vom Gehweg. Die Häuser waren unbewohnt. Er sah leere Fensterhöhlen. Ruinen.

Und dort – er atmete auf – stand Haus Nr. 11, seine Adresse von damals.

Er ging durch die Einfahrt. Abfälle stapelten sich vor dem Gebäude: alte Bohlen und Bauschutt. In der Schwärze glänzten winzige Phosphorpunkte. Die Augen von Ratten?

Als er näherging, huschten sie weg. Ihn störten sie nicht.

Er ging am Haus vorbei – zu dem kleinen Garten, der eigentlich nur ein gepflasterter Hof war.

Hierher reichte kein Laternenlicht. Er blieb stehen. Der Regen überschüttete ihn. Er wartete, bis seine Augen sich an die Dunkelheit gewöhnt hatten.

Dann sah er die Ziegelsteinmauer. Sie stand noch. Und der festgestampfe Boden war fast noch wie damals.

Plünderer, Bastler, Heimwerker hatten das Haus ausgeschlachtet. Was sich verwerten ließ, lebte jetzt anderswo weiter. Auch die Hintertür – eine massive Holztür, wie er sich entsann – hatte einen Interessenten gefunden.

Er trat ins Haus. Hier war es trocken und vergleichsweise warm. Es roch nach Stein, alten Tapeten und fäkalisch. Ratten huschten. Er nahm sein altes Feuerzeug hervor und ließ es aufflammen.

In der ehemaligen Küche fand er ein armlanges Rohr. Es war dünn, aber stabil. Damit konnte er den Boden aufwühlen.

Er ließ sein Paket im Haus, ging zur Ziegelsteinmauer und prüfte den Untergrund.

Nein, hier war niemand vor ihm gewesen.

Er begann zu buddeln.

8. Waffen in der Senkgrube

Friedhelm Panutzke, der sich heute Feuermal nannte – wegen eines roten Muttermals am Hals –, lachte aus vollem Hals.

„Mann! Ist der Alte gesprungen. Und den Köter hättest du beinahe erwischt."

„Das war 'n Pudel", knurrte Roderich Schackl, genannt Sülzauge. „Pudel gehen mir auf den Keks, wenn ich sie nur sehe."

Er zwang den Wagen in die Alb-Straße. Die Reifen jaulten. Im Rückspiegel sah er, wie Eduard Leisebier die Faust schüttelte.

„Auftrag erledigt." Panutzke nahm eine Flasche Bier vom Rücksitz, öffnete die Verschlußkappe mit den Zähnen und trank. „Morgen, Roderich, holen wir uns die Scheine ab. Vom Friedhof."

Sülzauge nickte. Er war ein weißblonder Typ, gerade 18, hatte einen besonders starren Blick und lange Schneidezähne. Wenn er grinste, schien es, als blecke er das Gebiß.

„Hauptsache, unser unbekannter Wohltäter hält Wort."

„Bestimmt. Otto", er meinte Löhrf, den Schrilltyp, „ist überzeugt."

„Weshalb eigentlich?"

Er bog noch zweimal ab, minderte dann das Tempo. Er sah keinen Verfolger.

„Weil er uns braucht, der Wohltäter. Ist doch klar, Roderich. Entweder ihm geht's um das Taxi-Geschäft, oder er war mal beschäftigt bei der U-Bahn – und die haben ihn gefeuert. Geld oder Rache – er hat seinen Grund. Und er ist angewiesen auf unsereins, damit er verdient oder sich rächen kann."

„Solange er zahlt, ist es mir recht."

„Klar, Mann! Jetzt verdienen wir doppelt. Das, was wir den Fahrgästen abnehmen – und das, was der Wohltäter uns ans gräfliche Grab steckt."

„Wir werden noch reich."

Sie saßen in Schackls Wagen, einem roten Ford.

Einen Moment schwiegen sie, während Roderich in Richtung Innenstadt fuhr.

„Mensch", sagte er plötzlich, „bist du eigentlich sicher, daß wir den Stein bei dem Richtigen ins Fenster geschmissen haben?"

„Klar! Ich war doch an der Haustür. Da hängt das Namensschild. Gunter Rehm. Noch ein Gunter Rehm in der Straße? Niemals. Hat alles seine Richtigkeit. Du, ich habe keinen Bock auf Pofen. Wenn schon Randale, dann richtig. Aller guten Dinge sind's drei. Was hältst du davon, wenn mir mal 'nen Bus unter Beschuß nehmen?"

Roderich griente. „Scharf?"

„Klar."

„In die Fenster?"

„Nee. Dann liegen zum Schluß noch 'ne Menge Leichen rum. Das läuft nicht für 'nen Hunderter. Aber wir zerballern einen Reifen. Wo hat's das schon gegeben? Die Unheimlichen schießen auf städtischen Linienbus. Ein Reifen ging in Fetzen. Ich sehe es schon in der Zeitung. Das gibt wieder einen Artikel zum Ausschneiden."

„Also gut, holen wir die Kanonen."

„Das wollte ich dir sowieso sagen. Für unsere Waffen müssen wir uns nach 'nem andern Versteck umsehen. Der Winter ist jetzt vorbei, und im Fliederweg können jeden Tag die Bauarbeiter anrücken."

„Stimmt. Aber wo lassen wir die Colts? Bei dir, bei mir zu Hause? Viel zu riskant."

„Uns wird noch was einfallen. Erstmal stelle ich die Kiste bei mir im Hobbyraum ab."

Besagte Kiste enthielt drei Pistolen, Munition, Handgranaten, etwas Sprengstoff, Zubehör zum Basteln einer Bombe, feststehende Messer und Totschläger – das Waffenarsenal der Unheimlichen.

Pistolen, Handgranaten und Sprengstoff stammten aus Beständen der Bundeswehr. Nach einem Einbruchsdiebstahl waren sie in die Unterwelt gelangt und schließlich zu ihren derzeitigen Besitzern, den drei Unheimlichen.

Daß sie gerüstet waren, peppte die Typen enorm. Sie hegten ihre Waffen, fühlten sich unschlagbar und wie eine Zweigstelle der Mafia. Aber sie gingen kein Risiko ein. Möglicherweise fielen sie irgendwann auf. Die Polizei konnte Haussuchung machen. Unerlaubter Waffenbesitz hätte dann ihre Lage verschlimmert. Deshalb blieben die Waffen im sicheren Versteck. Nur bei Bedarf wurden sie hervorgeholt.

Das Versteck? Bis vor einem Jahr wohnte Friedhelm mit seiner Mutter Hannelore in dem Haus Fliederweg 11. Als der baufällige Schuppen in die städtische Planung einbezogen wurde, erhielten die beiden eine andere Wohnung. Die war größer und schöner, und jeder Winkel war trocken.

Die Waffen hatten sie eine Woche nach dem Umzug gekauft.

Friedhelm war ganz aus dem Häuschen gewesen, Löhrf schnappte fast über, Schackl erklärte, daß er eher auf Bier verzichten könnte, aber nie mehr auf seinen Ballermann.

Doch wohin damit?

Fliederweg Nr. 11 bot sich an. Das Haus verfiel zwar – und ein baldiger Abriß drohte. Was sich verwerten ließ, hatte bereits Abnehmer gefunden, und Penner konnten ein- und ausgehen, wie sie wollten. Aber niemand wußte, daß die Senkgrube (*auszementierte Grube ohne Abfluß zur Aufnahme von Unrat*) hinterm Haus seit Jahren unbenutzt, also leer war – seit nämlich der Fliederweg Anschluß gefunden hatte an die städtische Kanalisation, womit bei jeder Betätigung der Klosettspülung jeglicher Abfluß dorthin gelangte: in die Kanalisation, unmittelbar.

Ein zentnerschwerer runder Stein deckte die Senkgrube ab. Für das, was darunter war, interessierte sich niemand. Außerdem war der Geruch – auch nach Jahren – alles andere als angenehm.

Das ideale Versteck!

Eines Nachts schoben die drei den Stein beiseite, hängten die Kiste an den Haken eines Stahlseils und ließen sie hinunter. Das Seil wurde innen an einem Universalkletterhaken verankert, wie Bergsteiger ihn benutzen. Die Kiste schwebte. Auch Absturz auf den schlickigen Grund wäre kein Unglück gewesen. Sie schoben den Stein danach über die Öffnung und konnten sicher sein: Niemand würde ihr Waffenversteck entdecken.

Als Roderich Schackl seinen roten Ford in den Fliederweg lenkte, wurde der Regenguß heftiger. Wassermassen trommelten auf Schutthalden, Bleche und Bohlen. Wind heulte. Das Rauschen und Gluckern schwoll zum Getöse an.

Es übertönte den Motor.

Roderich Schackl, genannt Sülzauge – heute jedenfalls –, hielt nicht unmittelbar vor Nr. 11.

Wußte man denn, ob nicht irgendwo einer Stielaugen machte – einer, dem es auffiel, daß derselbe Wagen von Zeit zu Zeit anrollte?

Er fuhr bis Nr. 13, hielt dort, stand jetzt allerdings im Lichtkreis einer Laterne – weshalb er sich von seinem Kumpan einige Gemeinheiten anhören mußte.

Aber Roderich schaltete auf stur – und den Motor aus.

„Hier parke ich! Ist meine Karre, du A...! Und jetzt halt den Rand!"

„Stell doch ein Schild aufs Dach: Panutzke und Schackl, die Unheimlichen, holen ihre Kanonen."

„Leck mich!" meinte Schackl und stieg aus.

Sie sockten zu der Nr. 11-Ruine.

Kaum daß sie an der Seitenfront zum Hof strebten, stockte Friedhelms Fuß.

"Pst! Da ist einer."

„Was?"

Der Regen toste. Sie standen dicht an der Hauswand. Friedhelm starrte in die Dunkelheit.

„Hast du's nicht gehört? Metall klirrt auf Stein. Bei der Mauer. Mensch, das ist bei der Senkgrube! Da ... da ... schiebt einer den Deckel beiseite und ... Ich glaub, mich tritt ’ne Klapperschlange.“

Roderich schob lauschend den Kopf vor.

„Stimmt. Es klirrt. Otto kann’s nicht sein. Der pflegt seinen Hinterhuf. Nee, hör mal! Das klingt nicht wie der Abortgrubendeckel. Da gräbt jemand.“

„Was denn? Ein Schatzsucher? Und bei dem Wetter! Wohl ’ne Riesenratte, die ihren Knochen nicht findet.“

„Ratten vergraben keine Knochen. Die nagen am Abfall.“

Sie pirschten zur Ecke.

Jetzt sahen sie die Gestalt, einen Mann im Mantel, durchnäßt, aber emsig.

Mit einem Werkzeug – Stemmeisen offenbar – hatte er dicht an der Mauer den Boden aufgebrochen. Mal bohrte und stieß er, dann benutzte er die Hände und wühlte im feuchten Dreck. Er hob ihn heraus, häufte ihn neben sich und sah weder rechts noch links.

„Irre!“ wisperte Ferdinand.

„Was sucht der?“

„Wird’s schon wissen.“

„Jedenfalls keinen Knochen.“

„Obacht!“

Der Mann hielt inne, griff in die Tasche. Ein Sturmfeuerzeug flammte auf. Mit einer Hand schirmte er es ab gegen Regen und Wind.

Er beugte sich über das Erdloch und stieß einen grunzenden Laut aus. Es klang nach Triumph.

Das Feuerzeug erlosch. Der Mann kniete im Dreck. Er beugte sich in die Grube und schaufelte wie wild. Mit bloßen Händen, was für die Fingernägel sicherlich nicht ohne Folgen blieb.

Friedhelm bückte sich. Sein Fuß hatte einen nützlichen Gegenstand berührt: ein Stück Pfahl.

Es war nicht lang, aber armdick. Er hob’s auf.

„Endlich!“ sagte der Schaufler laut in den Regen.

Seine Stimme knarrte wie die Tür zu einem Burgverlies.

Er beugte sich hinab. Beide Hände schob er unter den Koffer. Der fühlte sich glitschig an, breiig fast – wie toter Fisch.

Vorsichtig hob er seinen Schatz aus dem Erdloch.

In diesem Moment spürte er, daß jemand hinter ihm stand.

9. Auf dem Kriegspfad

Als Locke und Gunter zu Hause ankamen, stand Helgas Wagen in der Einfahrt. Im Haus brannte Licht.

Gunter lenkte den Saab in die Garage – neben Mikes Maschine, die – regennaß – auf ihrem Platz war.

„Ist das gerecht?" erboste sich Locke. „Die Jungs haben die verwarzten Ziegelsteinwerfer nicht eingeholt. Ich hoffe, denen platzen die Reifen, und sie landen am Baum."

„Locke!"

„Na, gut! Dann soll ihnen der Blinddarm platzen, und sie landen im Krankenhaus, aber nicht auf der Privatstation wie Omi, sondern im miesesten Fünfter-Klasse-Zimmer neben dem Operationssaal. Damit sie die Schreie hören. Fortwährend."

„Verstehe, daß du auf hundert bist. Aber während der Operation schreien die Patienten nicht. Da sind sie narkotisiert."

„Ich meine doch die Chirurgen, die Operateure, die Bauchaufschneider – die schreien die Operationsschwestern an und die Hilfsärzte, wenn die Bäuche schon zugenäht sind und Instrumente vermißt werden, weil ..."

„Nun hör schon auf. Oma ist in drei Tagen gesund, und die Ziegelstein-Attentäter werden ermittelt."

Sie gingen ins Haus.

Helga kam aus der Küche. Sie trug eine Kanne mit dampfendem Tee, was sie aber nicht davon abhielt, Locke mit beiden Armen an sich zu drücken, wobei etwas Tee auf den Boden schwappte.

„Und ich?" fragte Gunter.

Das brachte ihm das zweite Bussi dieses Abends ein.

Helga sah hinreißend aus. Sie schaffte das auch an Streß-Tagen, hatte eine makellose Haut über dem klassischen Profil und immer strahlende Blauaugen. Weil die letzte Haarwäsche zwei Tage zurücklag, hatte sie ein grünes Seidentuch um den Kopf geschlungen – mit raffiniertem Knoten im Nacken. Sie trug einen weißen Pullover mit mehreren Modeschmuck-Ketten und knallenge Frühlingsjeans, nämlich grüne.

Was die Oma betraf, wußte sie Bescheid. Sie hatte im Krankenhaus angerufen. Locke und Gunter konnten nichts Neues vermelden.

Tom und Mike knabberten Erdnüsse. Mißmut bewölkte die Gesichter.

„Wir haben schon mal aufgeräumt", sagte Mike. „Aber der Glaser kommt frühestens morgen – oder erst am Montag, falls er seinen Anrufbeantworter nicht abhört."

Dann erzählten sie – und wiesen ihre Ausbeute vor.

„Roter Wagen, zwei Typen, hiesiges Nummernschild mit den Endziffern 4 und 8", wiederholte Gunter. „Ist immerhin etwas. Aber die Polizei wird sich kein Bein ausreißen. Eine Scheibe ging kaputt. Omis Knie wurde verletzt. Das wiegt amtlich nicht viel. Unsere Ordnungshüter haben andere Sorgen. Die Kriminalität steigt, und die Terroristen benehmen sich, als gehöre ihnen die Bundesrepublik."

„Glaubst du", fragte Helga, „daß der Anschlag sich wiederholt?"

Gunter hob die Achseln. Dann schüttelte er den Kopf.

„Unsere Feinde", sagte Locke, „müssen damit rechnen, daß wir von jetzt an auf der Lauer liegen. Logo. Wer will schon, daß tagtäglich der Glaser antanzt. Mike, hast du Mausi versorgt?"

Sie meinte Helena, ihre weiße Maus.

„Habe ich. Haferflocken. Wasser. Mause-Vitamine. Mußte ich ja. Weil du Rabenmutter deine Maus vernachlässigst, nachts in U-Bahnen fährst und Katastrophen heraufbeschwörst. Habe sogar mit ihr geturnt. Sie kann jetzt den einarmigen Handstand."

„Es wird wohl das beste sein", Helga gab drei Tropfen Sahne in ihren Tee, „wenn du keinen Zwergenaufstand machst, Schatz." Sie strich Gunter über die Wange. „Sondern den Anschlag als Streich dummer Jungen nimmst, deiner Versicherung den Glasbruch meldest und die Sache vergißt."

„Mutter!" rief Tom empört. „Bist du des Teuf... 'tschuldigung! Will sagen: Dürstest du gar nicht nach Rache? Rast dir nicht die Vergeltung im Blut rum? Hast du dein Temperament in der Buchführung begraben?"

„Schon gut, Söhnchen. Ich wußte ja, daß ich mit meinem Vorschlag nicht ankomme. Ich hoffte nur, es könnte mal Frühling werden, ohne daß wir uns auf dem Kriegspfad befinden."

Sie blickte in die Runde.

Gunter lächelte sie zärtlich an.

Mike hob grinsend die Achseln, als wäre er zum Teil ihrer Meinung, hätte aber auch Verständnis für das junge Gemüse.

Tom sagte: „Der Krieg ist doch längst ausgebrochen. Locke und ich stehen an zwei Fronten. Den Unheimlichen lasse ich's nicht durchgehen, wie sie meine Freundin behandelt haben. Und die beiden im roten Auto kriegen auch ihre Tracht. Sonst könnte ich ja gleich Stolz und Ehrgefühl an der Garberobe abgeben."

Helga seufzte. Dann beugte sie sich zu Locke.

„Zeig mir mal die Wunde. Schmerzt der Arm?"

„Vorsicht, Locke!" grinste Tom. „Sie ist Veterinärin (*Tierärztin*) und spezialisiert auf Kleintiere. Laß dich nicht gegen Tollwut impfen."

„Dein Sohn, Helga", sagte Locke, „ist Gott sei Dank unterwürfig und wachsweich, wenn ich mit ihm allein bin. Sonst wäre er nicht zu ertragen."

„Ich weiß", lächelte Helga. „Aber mit Mike und Gunter als Rückhalt fühlt er sich stark."

„Fühlen? Ich bin's." Tom begann, einen Ärmel hochzurollen. „Wann, Mütterchen, hast du das letzte Mal meine Muskeln gesehen?"

Helga untersuchte Lockes Wunde. Als Verletzung war sie nicht der Rede wert, sondern nur ein Kratzer, ein T-förmiger, der verheilen und verblassen würde.

Verletzt war hauptsächlich Lockes Stolz.

„Gegen Tetanie bist du geimpft. Passieren kann nichts. Wer hat das Jod verschwendet?“

Tatsächlich war der halbe Unterarm gelb angestrichen.

„Ich dachte“, meldete sich Mike, „viel hilft viel. Besonders weil sie so schön gezischt hat. Es brannte ein bißchen.“

„Er lügt“, sagte Locke. „Ich habe nicht gezischt. Er wollte mich martern, weil er mir mein Mofa neidet, meine Hüte und mein Ansehen – aber kein Wehlaut ist über meine Lippen gekommen. Papi, du mußt uns helfen!“

Gunter verschluckte sich am Tee, stellte die Tasse ab und schüttelte den Kopf.

„Nein. Was es auch sei. Nein!“

Locke überhörte das.

„Es ist nur ein Klacks, den du gleich morgen früh für uns erledigen mußt.“

„Nein. Ich stehe auf Helgas Seite und mache mich nicht zu eurem Komplicen. Als alleinerziehender Vater habe ich schon viel zu viele Fehler gemacht.“

Sie lächelte, aber ihre Ohren standen auf Durchzug.

„Du hast doch einen Spezi *(besonderen Freund)* bei der Kfz-Zulassungsstelle? Hast du, jawohl! Dem fällt keine Rosine aus der Krone, wenn er sich am heiligen Samstag mal an seinen Computer setzt und den raussuchen läßt: alle hiesigen Öfen, die hinten auf ... 48 enden. Auf dem Nummernschild.“

„Ich denke nicht daran.“

„Du bist ein Schatz, Papi. Wenn wir spätestens um neun Uhr die Liste haben – na, gut – der Spezi soll ausschlafen, also um halb zehn – dann, Papi, können wir den ganzen Tag volle Pulle ermitteln. Nicht wahr, Engelbert?“ wandte sie sich an Tom.

„Du sagst es.“

„Die Polizei, Papi, hat doch nie genug Leute, um für solche Kinkerlitzchen eine Hundertschaft loszuschicken. Aber Tom und ich sind startklar, und wir machen ja nur die Vorarbeit – trennen die Spreu der Unverdächtigen vom Weizen der wahrscheinlichen Täter.“

10. Geldscheinpudding

Paul Panutzke, auch Leiche genannt, verharrte.

Regen klatschte auf die weiche Masse, die mal sein Lederkoffer gewesen war.

Rechts hinter ihm wuchs ein Schatten auf.

Er sah ihn nicht, fühlte aber die Nähe – die bedrohliche Nähe von Gefahr. Schweißgeruch wehte ihn an.

Er wandte den Kopf.

Roderich Schackl stützte eine Hand auf die Hüfte.

„Na, was haste da ausgebuddelt, Opa? 'nen toten Hund?"

Wind, der sich zum Sturm steigerte, fauchte die Straße entlang. Er wippte mit einer Lichtpeitsche.

Für einen Moment reichte ihr Schein bis hierher. Er streifte über Schackls Gesicht.

„Was willst du?" fragte Paul Panutzke und wollte aufstehen.

Den zweiten, der links hinter ihm stand, hatte er nicht bemerkt.

Friedhelm Panutzke machte nicht viel Federlesens, er drosch zu mit der Pfahlhälfte.

Der Hieb traf zwischen Schulter und Kopf. Das kam überraschend und wirkte sofort. Bei dem Haftentlassenen gingen die Lichter aus. Bewußtlos kippte er zur Seite. Mit sattem Schmatzgeräusch fiel der Koffer zu Boden. Ein Arm des Bewußlosen hing in das Erdloch.

„Ist er hin?" erkundigte sich Roderich.

„Nur groggy."

„Es hat aber geknackst."

„Das war mein Handgelenk."

Roderich bückte sich und hob den Koffer auf.

„Was ist 'n das? Fällt ja fast auseinander."

„Komisch", meinte Friedhelm. „Wir haben hier unsere Sachen – und der hat was verbuddelt. Wie lange liegt das schon an dieser Stelle?"

„Noch kein Jahr. Oder wann seit ihr umgezogen?"

„Vor einem Jahr. Hast recht. Er hat's erst danach eingegraben, sonst wüßte ich was.“ Dachte Friedhelm.

„Muß ein hartes Jahr gewesen sein. Viel ist nämlich nicht mehr übrig. Ich glaube, das war mal ein Koffer. Naja, der Winter ist lang. Vielleicht lag der Koffer vorher woanders. Kennst du den Typ?“

Friedhelm riß ein Zündholz an.

Der Wind blies es aus. Aber er hatte einen flüchtigen Eindruck von dem fahlen Gesicht.

„Nie gesehen. Mann, der hat wohl auch schon unter der Erde gelegen. Kein Typ zum Vorzeigen, Roderich.“

„Soll ich diesen Matsch noch lange halten?“

„Nimm das Ding mit.“

Sie sohlten zum Haus und durch die offene Hintertür in einen der Räume.

„Entsinnst du dich?“ fragte Friedhelm. „Das war mein Zimmer.“

„Jetzt wohnst du besser.“

Roderich hatte den verfaulten Koffer auf einer leeren Apfelsinenkiste abgelegt.

Friedhelm hob eine zerfledderte Zeitung auf, hielt ein brennendes Streichholz dran und dann die Fackel neben den Koffer.

„Ist ja eklig.“

„Und nicht viel drin.“

Roderich verlor keine Zeit mit dem verrosteten Schloß, sondern benutzte sein Springmesser.

Leder, Innenfutter und Inhalt waren verschmolzen.

Er schabte und legte fauliges Zeitungspapier bloß. Er schabte weiter, stieß auf anderes Papier und ... hielt inne.

„Mensch!“ stieß er durch die Zähne.

Friedhelm senkte die Fackel etwas.

„Sind das ... Geldscheine?“

„Ich sehe einen Hunderter. Und ...“

Er benutzte sein Messer, hob vermodertes Zeitungspapier ab und legte eine breiige Masse frei.

Diese Penner!

Die Scheine waren zusammengebacken – eine tortenhohe Schicht, verschimmelt, faulig, unbrauchbar.

Roderich jaulte auf.

„Dieser Penner! Warum hat der keine Kiste genommen, keine Stahlbox, keinen Hartschalen-Koffer? Das war bestimmt 'ne Million. Sieh dir die Masse an! 'ne Million! Und jetzt? Geldscheinpudding! So sieht's aus, wenn ein Dukatenesel kotzt."

Friedhelm japste nach Luft.

„So was ... noch nie habe ich so was gesehen. Ist denn nichts zu retten?"

Er begann mit dem Fingernagel zu kratzen: an der 100-Mark-Schein-Haut des Geldpuddings.

Aber die Banknoten ließen sich nicht mehr voneinander trennen. 19 Jahre unter Regen, Schnee und Eis hatten das Papier in Papierbrei verwandelt. Nur die oberste Schicht verriet, worum es sich gehandelt hatte.

„Und trotzdem nehmen wir's mit", verfügte Friedhelm. „Das wird getrocknet und ... Zumindest Otto müssen wir's zeigen und meiner Mutter."

Roderich wickelte die feuchte Masse in eine Zeitung.

Sie sahen auf den Hof.

Der Bewußtlose begann, sich zu regen.

Erst als sie im Wagen saßen, fiel ihnen ein, weshalb sie hergekommen waren.

„Verschieben wir's auf morgen", meinte Friedhelm. „Wahrscheinlich ist der Typ aufgewacht. Ich glaube nicht, daß der noch 'ne Kopfnuß verträgt."

Roderich startete den Wagen.

„Ich könnte ihn kleinhacken!" schimpfte er. „Der Typ sieht aus wie 'ne Leiche – und sicherlich hat man sein Gehirn schon begraben. Läßt 'ne Riesenmenge Geld verkommen. Ich raffe es nicht."

„Jedenfalls hält er nichts von Geldinstituten."

„Das ist der Knackpunkt, Friedhelm. Es muß sich um heißes Geld handeln – das jetzt viel zu stark abgekühlt ist. Bankraub?

Erpressung? Erinnerst du dich an einen Fall, bei dem eine Spukgestalt mitgespielt hat?“

Friedhelm dachte nach. Aber Denken war das, was er am wenigsten konnte.

„Nee.“

Roderich knurrte und grummelte noch drei Kreuzungen weit bis zur Sebastians-Kirche, meinte, es wäre wie ein Lotto-Gewinn gewesen, wenn der Penner seine Beute gepflegt hätte, und beruhigte sich dann.

11. Hauer wie 'ne Wildsau

Helga und Tom verabschiedeten sich. Es ging auf Mitternacht. Im Moment war nichts zu tun. Alle Vorhaben mußten auf Eis gelegt werden – jedenfalls bis morgen früh.

Helga saß schon im Wagen.

Gunter, der sich immer nur sehr schwer von ihr trennen kann, beugte sich ins aufgekurbelte Fenster und redete noch mit ihr.

Tom schob seinen Motorroller in die Rehmsche Garage.

Helga bestand darauf, daß er im Wagen mitfuhr. Weil es wie aus Kübeln schüttete.

Ihm hätte es nichts ausgemacht. Aber gesundheitsbewußte Mütter denken da anders – und selbst ein Bärentyp wie Tom ist nicht gefeit gegen Schnupfen.

„Meinen zertrampelten Hut", sagte Locke, „werde ich schmerzlich vermissen. Wenn du mir demnächst wiedermal ein Geschenk machen willst – morgen oder spätestens Montag –, weißt du Bescheid. Bei Hut-Maier in der Dom-Gasse ist meine Hutquelle. Mein Lieblingsmodell nennt sich Florentiner Frühlingstraum – mit Samtschleife. Kannst du dir das merken?"

„Nein."

„Lern es auswendig. Wiederhole den Namen!"

„Florentiner Frühlingstraum mit Sandkurve."

„Was? Wieso Sandkurve?"

„Hast du doch gesagt. Sandkurve. Oder war's Sandschleife?"

„S...a...m...t! Baumwollnes Feingewebe mit pelzartigem Kurzflor. Die Schleife brauche ich in Mitternachtsblau. Aber florentinische Mitternacht. Alles klar?"

„Alles klar. Also bis nachher."

Er grinste, küßte sie, trollte sich zum Wagen.

Helga hatte die Hand schon am Zündschlüssel.

Man winkte auf beiden Seiten, dann starteten die Conradis durch zur Rückfahrt.

„Nicki muß noch mal raus“, meinte Tom. „Sonst vergißt er sich und pinkelt an deine Zimmerpalme.“

„Das würde er nie tun. Eher schließt er irgendeine Tür auf. Jetzt genügt es, wenn er durch den Garten strolcht. Regen ist sowieso nicht sein Fall.“

Die nächste Ampel zeigte Gelb und sprang jetzt auf Rot.

Helga hielt auf der linken Spur, weil sie wurfweit voraus links abbiegen mußte.

Auch auf der Geradeaus-Spur, rechts also, stoppte ein Wagen. Sonst war weit und breit niemand.

Tom sah nach rechts.

In dem roten Ford hockten zwei Typen. Vom zweiten sah er nur etwas Hinterkopf, aber der Fahrer drehte sich her und stierte.

Er war weißblond und etwas älter als Tom. Zwischen den geöffneten Lippen sah er gewaltige Schneidezähne.

„Der hat Hauer wie ’ne Wildsau“, sagte Tom. „Schlechte Eltern. Warum haben sie ihm nicht als Kleinkind eine Zahnspange angelegt?“

„Vielleicht ist er ein Heimkind“, meinte Helga.

„Dann soll er die Heimleitung verklagen. Wegen Gebißschädigung auf Lebenszeit. Es wird gelb.“

Roderich Schackl im Nachbarwagen hatte gecheckt, daß dort eine Frau am Lenkrad saß. Noch dazu in einem neuen BMW. Die würde gleich staunen.

Er startete bei Gelb. Seine Reifen jaulten. Er blieb im ersten Gang, verzichtete aufs Blinken, zog herüber, schnitt Helgas Fahrbahn und bog nach links ab. Sein Wagen schleuderte. Er kam nicht glatt an der Verkehrsinsel vorbei. Mit dem Heck streifte er einen gläsernen Leuchtpfahl. Der zerknallte wie eine Wasserbombe. Scherben prasselten umher. Aber der rote Ford sauste weiter – und verschwand in der Schillerstraße.

„O nein!“ stöhnte Helga.

„Man glaubt’s nicht.“

„Der hat nicht nur sich selbst – der hat auch uns gefährdet.“

„Um das zu begreifen, ist der offensichtlich viel zu blöde."

Vorsichtig fuhr sie über den Scherbenhaufen.

„Beschädigung öffentlichen Eigentums", meinte Tom. „Man sollte die Brüder anzeigen. Leider habe ich nicht aufs Kennzeichen geachtet."

„Ich weiß nur die letzten Ziffern: 1 4 8."

„Das wird der Polizei nicht viel ... Heh!" Er stockte. „Der gehört auf unsere Liste, Mütterchen! Das war ein roter Wagen, der hinten 48 hat. Zwischen mittel und groß, wie Herr Leisebier meinte. Und dann der Typ mit seinem Hypnose-Blick und den Vampir-Beißern! Dreh mal auf! Vielleicht sehen wir sie noch."

„Die sind längst weg."

„Mist! War das ein Ford? Oder ein Opel? Könnte auch ein Fiat gewesen sein. Ich habe nur auf den Typ geachtet und nicht auf die Karre. So eine Gelegenheit – und wir pennen."

„Wir haben nichts verschlafen, Tom. Wären die anständig gefahren, hätten wir sie längst vergessen – jedenfalls die 48

nicht bemerkt. Und rote Wagen gibt's genug. Ist ja gar nicht gesagt, daß die's sind. Ich bezweifle es."

„Wieso?"

„Denk mal, wieviel Zeit vergangen ist, seit der Ziegelstein das Blumenfenster zertrümmert hat. Nach so einem Anschlag fährt man nicht stundenlang spazieren. Sie müssen damit rechnen, daß sie beobachtet wurden. Polizeifahrzeuge könnten inzwischen nach einem bestimmten roten Wagen mit zwei Insassen suchen."

„Überzeugt mich nicht", meinte er.

„Außerdem macht Gunter sich nicht so billige Feinde, nicht Typen wie die – halbstark, angeberisch, dumm. Wer ihm was verübelt, sitzt in einer höheren Etage."

„Ist sich aber nicht zu schade, ganz herunter zu steigen – um nachts mit Steinen zu schmeißen. Trotzdem stimme ich dir zu – was das Niveau unserer Feinde betrifft. Doch daraus ergibt sich: Die schmeißen nicht – die lassen schmeißen. Und der löwenzahnblonde Vampirzahn ist der richtige Typ dafür."

„Der Gedanke besticht. Im übrigen habt ihr den Vampirzahn morgen auf eurer Liste."

Sie hatten eine rote Welle erwischt. Dauernd mußten sie halten.

„Hoffentlich sind's Dreckfinken", sagte Tom, „die ihren Wagen nicht reinigen."

„Wie bitte?"

„So richtige Schmuddeltypen müssen es sein, mistige Ferkel, die sich nur in Dreck und Speck wohlfühlen. Das würde uns bei der Spurensuche helfen. Ich hoffe nämlich auf ein untrügliches Indiz *(Hinweis)*."

Rot.

Helga hielt.

Das gab ihr Gelegenheit, ihren einzigen Sohn mit einem zweifelnden Blick zu bedenken.

„Was meinst du?"

„Ich schalte meinen kriminalistischen Scharfsinn ein. Das

bringt folgendes: Vorhin habe ich den Ziegelstein untersucht. Er ist völlig neu. Und er staubt. Oder ziegelt – jedenfalls verliert er roten Ziegelstaub. Du verstehst? Ich hatte ihn auf den weißen Beistelltisch gelegt. Als ich ihn dann wegnahm, hatte er unter sich gemacht. Ich meine, roten Staub abgegeben. Jetzt stell dir ein rotes 48er-Auto vor, in dem es aussieht wie im Schweinestall. Was finden wir dort als Beweis? Roten Ziegelsteinstaub. Vermutlich liegt er auf dem Polster der Rücksitze. Jedenfalls glaube ich nicht, daß sie den Stein in einer Tüte hatten. Liege ich richtig?"

Helga nickte.

„Ich habe einen klugen Sohn."

„Das wurde mir vererbt."

Gerade als sie danken wollte für das indirekte Kompliment *(Schmeichelei auf Umwegen)*, fügte er grinsend hinzu: „Irgendeiner unserer Vorfahren muß ein Genie gewesen sein. Wie schön, daß das alles auf mich fällt."

„Schreck laß nach!" seufzte sie und lenkte den Wagen in die Einfahrt.

Sie waren zu Hause.

12. Auf alte Kumpel ist Verlaß

Paul Panutzke, Leiche genannt, hatte den Mund voller Erde. Regen klatschte ihm auf Kopf und Nacken. Die Nässe durchdrang seinen Mantel. Kälte nistete sich ein in den Knochen. Er wachte auf.

Sofort wußte er, wo er war. Die Erinnerung knüpfte dort an, wo der Film gerissen war.

Reglos blieb er liegen. Das gebot die Vorsicht. Es mußten zwei sein, mindestens. Denn der blonde Kerl – der hatte nicht zugeschlagen.

Waren sie noch da?

Er horchte. Das Dröhnen in seinem Schädel übertönte die meisten Geräusche. Der Schmerz in der Schulter breitete sich im Blut aus wie Gift. Immerhin spürte er, daß er allein war.

Er richtete sich auf, spuckte die Erde aus und griff sich in den Mund.

Verflucht! Der Koffer! Weg. Geklaut. Geraubt. Sie haben ihn mitgenommen, haben jetzt sein Geld! Seine 820000.

Keinen Blick hatte er auf die Scheine geworfen. Er wußte nicht, ob sie die 19 Jahre überstanden hatten, ob sie verfault waren oder noch tauglich für den Geldverkehr.

Schwankend stand er auf den Füßen. Er biß die Zähne zusammen.

Verfault? Wenn das Geld verfault war, mußte es hier irgendwo liegen. Mit verfaultem Altpapier würden sich die hinterhältigen Burschen nicht abschleppen.

Er bewegte die Schultern, massierte sich den Nacken, holte tief Luft. An Schlägereien war er gewöhnt. Im Knast gehörten sie zum Alltag, ohne daß die Aufseher was merkten. Allerdings hatte er – in den meisten Fällen – nicht Schläge bezogen, sondern ausgeteilt.

Er suchte den Hof ab. Nichts.

Er schlich in das Abbruchhaus und knipste sein Feuerzeug an. Nichts.

Er nahm das Stra-Fü-Paket und wankte zur Straße.

Also war das Geld noch in Ordnung, sonst hätten sie den Koffer nicht mitgenommen. Vielleicht nicht alles, aber genug, um die Scheine in einem trocknen Raum auf die Leine zu hängen.

Wie bei einem alten Käse, dachte er: außen verschimmelt, innen genießbar. 820000 DM minus Schimmelschicht. Wieviel blieb? Eine halbe Million? Mehr?

Saukerle! dachte er. Aber ich werde es euch abjagen. Ich kriege euch, bevor die Scheine getrocknet sind.

Es würde gefährlich werden. Darüber war er sich klar. Er war allein. Sie waren zu zweit – mindestens. Sie hatten Überblick über die Szene. Er kam frisch aus dem Knast, hatte sich 19 Jahre in Weltfremdheit geübt.

Sein einziger Vorteil: Ganz genau hatte er das Gesicht des Blonden gesehen. Und wie der gegrinst hatte mit seinen langen Zähnen!

Freiwillig, dachte er, geben die nichts zurück. Also Gewalt gegen Gewalt. Ich brauche einen Ballermann, damit sie Respekt kriegen. Eine Pistole – woher?

Während er in Richtung Innenstadt sohlte, erinnerte er sich der damaligen Unterweltstypen.

Einige lebten nicht mehr. Andere saßen ein. Eine Handvoll war ausgestiegen, hatte sich ehrlich gemacht und Kneipen eröffnet, reich geheiratet oder einen Schnellkurs für Hausierer besucht.

Wer, zum Teufel, konnte ihm eine Pistole verschaffen?

Johanna! Natürlich! Sie war damals schon tüchtig gewesen, inzwischen sicherlich gereift und noch raffinierter. Damals arbeitete Johanna Plinsel hinter der Bar eines Nachtlokals und lockte jedem Gast das Geld aus der Tasche. Nebenbei vermittelte sie Geschäfte jeder Art. Über sie konnte man alles beziehen: Rauschgift, geklaute Uhren, verbilligten Schmuck – der aus Einbrüchen stammte, Waffen, verschreibungspflichtige Medikamente und sonst noch allerlei.

Fritz,
Fritz Plinsel?

Panutzke hatte sich eine Zeitlang ihrer Gunst erfreut. Sie waren im Guten auseinander gegangen. Hannelore – damals noch seine Frau – hatte nichts davon gewußt.

Johanna! dachte er – und die erleuchtete Telefonzelle erschien ihm wie ein rettender Hafen.

Er hatte Münzen. Im Telefonbuch fehlten zahlreiche Seiten, aber das P-Verzeichnis war vollständig.

Plinsel ... da! Blauwerder Weg 88. Das war die Adresse, entsann er sich. Also wohnte sie immer noch ...

Nein! Dieser Plinsel hieß Fritz. Das war ihr Bruder. Ein Früchtchen besonderer Art. Aber er war mit ihm ausgekommen, gut sogar.

Panutzke wählte. Es war spät, aber Fritz Plinsel bestimmt noch auf – falls er sich auf freiem Fuß befand und nicht hinter Gittern.

„Hallo?“ meldete sich eine heisere Stimme.

„Fritz? Fritz Plinsel?“

„Wer spricht?“

„Paul Panutzke.“

„Waaaaas? Paul! Mensch, hast du Telefon in der Zelle.“

„Ich bin entlassen.“

„Freut mich, Mann. Waren 21 Jahre, wie?“

„19. Und mehr hätte ich nicht ausgehalten.“

„Mir war schon das eine Jahr zuviel. Wie geht's dir?“

„Durchwachsen.“

„Das wird wieder.“

„Sicherlich.“

Sie schwiegen einen Moment. Die Themen waren erschöpft.

Wahrscheinlich überlegte Plinsel, was Panutzke von ihm wollte? Etwa Geld auf Pump?

„Eigentlich wollte ich mit Johanna reden, Fritz. Hannelore hat sich ja damals gleich scheiden lassen und ...“

„Weiß ich. Johanna? Hah! Das ist nicht mehr wie früher.“

„Arbeitet sie noch im Kokos-Club?“

„Den gibt's schon lange nicht mehr. Und Johanna hat umgesattelt. Sie wäre beinahe erwischt worden, ist ausgestiegen und hat rechtzeitig die Kurve genommen. Heute würdest du sie nicht mehr wiedererkennen. Fett ist sie auch geworden, ja. Aber das meine ich nicht. Sondern ihre gesellschaftliche Situation. Sie hat sich einen Generaldirektor geangelt und heißt jetzt Knauke. Ihr Alter hat Geld wie Heu – fährt sogar 'nen Rolls Royce. Ein gewiefter Hund. Mich sieht er nicht gern. Befürchtet wohl, ich schade seinem Ansehen. Und Schwesterchen fügt sich. Glaubst nicht, wie vornehm sie geworden ist – mit Modeschauen, Bridge und Wohltätigkeitsfesten. Trotzdem – wenn Edwin, was ihr Mann ist, nicht hinsieht, weiß sie noch, daß ich ihr Bruder bin. Ab und zu steckt sie mir was zu. Aber versuch nicht, bei ihr alte Zeiten aufzuwärmen. Da läuft nichts bei Frau Generaldirektor."

„Bei welcher Firma ist Edwin?"

„Bei der EXETHOP. Die stellen alles her, ein Mischkonzern, machen Hundekuchen, Büchsenbier, wahrscheinlich auch Computer."

„Ich wollte sie nach 'ner Knarre fragen. Fühle mich so schutzlos ohne Waffe."

Plinsel lachte. „Aussichtslos. Bei ihr jedenfalls. Mich mußt du fragen."

„Dann frage ich dich."

„Was soll's sein, Paul?"

„Egal. Ich will jemanden damit einschüchtern."

„Wie wäre es mit einer Pistole von der Bundeswehr? Habe da noch einiges auf Lager. Bin nämlich regelrecht darauf spezialisiert. Vor gut 'nem Jahr haben ein paar Typen bei den Vaterlandsbeschützern 'nen Einbruch gemacht. Pistolen, Sprengstoff, Handgranaten. Habe alles in Kommission *(in Auftrag)* genommen und die ersten Meuchelpuffer gleich an drei Halbstarke verkauft. Mann, waren die begeistert! Wahrscheinlich gehen sie mit den Dingern ins Bett. 24 Kanonen habe ich dann nach und nach abgesetzt. Und gut dran verdient. Zwei sind noch übrig. Also eine für dich?"

„Na, prima. Was soll sie kosten?"

„Da werden wir uns einig. Dir gebe ich sie fast umsonst. Aus alter Freundschaft. Kommst du her?"

„Klar. Wenn's dir recht ist, sofort. Mir brennt nämlich noch was anderes auf der Seele. Ich suche einen Typ – könnte ja sein, daß du ihn kennst."

„Wie heißt er?"

„Wenn ich das wüßte, wäre schon alles gelaufen. Ich habe ihn nur für eine Sekunde gesehen. Aber das reicht. Er hat kein Gesicht wie Hinz und Kunz, sondern 'ne Visage."

„Aha!" meinte Plinsel.

Es klang nicht sonderlich interessiert. Er war illegaler *(gesetzwidriger)* Waffenhändler, kein Vermittler beim Suchdienst.

„Er ist ungefähr 18", fuhr Panutzke fort, „weißblond – auffallend blond jedenfalls und hält den Mund offen, wie mir schien. Nein, nicht den Mund, nur die Lippen. Denn man sieht seine langen Rattenzähne. Ja, so lange Zähne hat er."

Plinsel schwieg.

„Denkst du nach?" fragte Panutzke.

„Hm, hm ... also, komisch! Was du sagst, trifft zu auf einen – zu komisch! Ich erwähnte doch eben drei Halbstarke, denen ich damals Pistolen verkauft habe. Einer von denen sieht tatsächlich so aus."

„Und er ist in dem Alter?"

„Damals war er, glaube ich, 17."

„Den sehe ich mir an. Wie heißt er?"

„Keine Ahnung. Ich frage niemanden, mit dem ich schachere, nach dem Namen. Und die hüten sich, ihre Personalien vorzulegen. Von den drei Jungmännern weiß ich keinen einzigen ... Doch! Mir fällt ein, wie ihn die beiden andern anredeten. Der hatte nämlich 'nen komischen Namen. Roderich."

„Roderich?"

„Roderich! Im übrigen ist das nicht so wichtig. Weil ich weiß, wo er wohnt. Ich brachte die Pistolen hin zu ihm. Allerdings nicht in die Wohnung. Wir trafen uns auf dem Hof, machten das Geschäft, und er ging ins Haus. Ist der Typ wichtig für dich?"

„Hm", Panutzke zögerte, „ja. In gewisser Weise."

„Damals wohnte er in einer Mietskaserne. Läblenger-Weg. Ich meine, es war Nr. 14 – jedenfalls das fünfte oder sechste Haus auf der linken Seite, wenn du aus Richtung Bierquelle kommst. Die Bierquelle ist eine Kneipe an der Ecke."

„Ich bin dir dankbar, Fritz, für deine Hilfe. Werde hingehen – aber erst komme ich zu dir und hole mir die Kanone. Ich socke jetzt los. Bis gleich."

13. Vorbesichtigung

Am Samstagmorgen schien die Sonne. Locke belegte das Bad im Parterre und duschte mit kaltem Wasser die Müdigkeit weg – war doch die Nacht ziemlich kurz gewesen.

Als sie aus dem Bad in die Diele kam, standen dort der Glaser und sein Lehrling – ein ungelenker Typ mit Kurzhaarschnitt und riesigen Händen.

„Huch!“ meinte Locke und wickelte sich enger in ihren Bademantel.

Der Lehrling wurde rot. Rasch folgte er seinem Meister ins Wohnzimmer, wo Mike ihnen das Blumenfenster zeigte, durch das jetzt die Morgenluft hereinströmte.

Locke sah sich in ihrem Zimmer um. Es mußte aufgeräumt werden – dringend. Aber dazu hatte sie weder Zeit noch Lust. Im übrigen ging es niemanden was an, ob bei ihr Ordnung herrschte.

Während sie dann ihre Honigmilch trank, durfte Mausi ihren Käfig verlassen und an ihr rumklettern – vorzugsweise an den langen braunen Haaren, die zwar schwer und dicht wie bei einem Fohlen – aber immer noch glatt sind. Locken – seit kleinauf ihr sehnlichster Wunsch – werden sich wohl nie einstellen.

Das Wetter ließ einen ihrer frühlingsfrohen Hüte zu. Sie setzte ihn auf und zog los – zu einer nahen Reparaturwerkstatt, wo sie ihr Mofa abholte. Es war wieder in Ordnung.

Sie düste zurück. War das ein Gefühl! Der Wind blies ihr ins Gesicht. Diese Geschwindigkeit! Satte 28 Kilometer in der Stunde. Also schneller als ein Marathonläufer. Sie fühlte sich frei. Eigentlich so, als jette sie über den Wolken.

Das Fahrzeug, mit dem die Glaser das große Fertig-Fenster gebracht hatten, stand noch in der Einfahrt. Die beiden arbeiteten. Mike hatte geholfen, indem er die Pflanzen wegräumte.

Neben dem Fahrzeug parkte Toms Motorroller.

Aha! dachte sie. Ist er also schon da.

Weil sie ihn weder in der Diele, noch in Küche oder Wohn-

Huch!

raum entdeckte, rief sie durchs Haus: „Engelbert! Geh nicht zu Gunter rein. Er pennt noch."

„Spätestens jetzt wäre er wach", meinte Bruder Mike. „Du hast wirklich eine Stimme, Prinzessin, wie eine Heulboje. Im übrigen hat sich unser Ernährer deine Anweisungen zu Herzen genommen, zeitig das Bett verlassen und ... Aber das wirst du schon sehen."

Gunter saß in seinem Arbeitszimmer am Schreibtisch, Tom in dem Schaukelstuhl, den Helga ihrem Liebsten zu Weihnachten geschenkt hatte – mit der fröhlichen Feststellung, so was komme einem älteren Herrn zu.

Das war Rache. Beim Hallentennis-Turnier hatte nämlich das Los die gemischten Doppel bestimmt. Der Zufall koppelte Helga an einen jungen, sehr sportiven *(sportlich aussehen)* Gerichtsassessor, der sich aber spielerisch als taube Nuß erwies.

Auch Gunters Los war eine Niete, nämlich eine füllige Dame, die Tennis wie Diät betrieb und auch beim Match auf ihren Brillantschmuck nicht verzichtete. Beim clubeigenen Endspiel standen sich diese Paarungen gegenüber, Gunter gab sich besondere Mühe, verschenkte keinen Punkt, kannte während der Ballwechsel seine Helga nicht mehr, landete beim Aufschlag ein As nach dem andern und gewann – trotz katastrophaler Partnerin – 6 : 4, 6 : 0. Besonders das ‚zu null' verzieh Helga ihm nicht, kündigte sogar an, sie werde zwar Locke und Mike in die Familie Conradi aufnehmen, ihn aber nicht.

Und dann kam Weihnachten der Schaukelstuhl – glatter Hohn für den Clubmeister, den gemischten.

„Hallo", sagte Tom und umarmte seine Freundin.

„Mein Mofa ist heil, Papi. Die Rechnung wird an dich geschickt."

Gunter tippte auf ein Blatt Papier, auf dem einige Zeilen standen.

„Nun, Prinzessin, was ist das wohl?"

„Sieht man doch. Es handelt sich um das fertige Buchmanuskript, das du vorige Woche abliefern solltest."

Er sah Tom an. „Manchmal nervt sie einen schon am frühen Morgen. Ein völlig unberechenbares Kind.“

„Aber ein hübsches“, meinte Locke. „Ist die Liste auch vollständig?“

„Aha! Sie hat es erraten. Ja, es ist die Liste der 48er Autos. Mein Spezi bei der Zulassungsstelle hat getobt.“

Locke nahm die Liste.

„Naja, sehr viele sind's nicht. Woraus ersehen wir denn, ob es sich um rote Autos handelt?“

„Das müßt ihr selber feststellen. Was ist nun? Werde ich überhaupt nicht gelobt?“

„Doch, Papi. Hast du brav gemacht. Wenn ich Tom nicht hätte, würde ich dich als Mitarbeiter nehmen – jedenfalls probeweise.“ Sie küßte ihn auf die noch unrasierte Wange. „Tom, los geht's! Wir machen jetzt Täter-Vernissage *(Vorbesichtigung)*. Sobald wir einen Verdächtigen haben, verständigen wir die Polizei.“

„Ich habe eben schon erzählt“, sagte Tom, „daß wir gestern abend auf dem Nachhauseweg einem 48er Auto begegnet sind.“

Er berichtete zum zweiten Mal.

„Hellblond? Hauer wie eine Wildsau?“ Sie schüttelte den Kopf. „Kenne ich nicht.“ Sie sah Gunter an.

Er hob die Achseln.

Sie schwenkte das Blatt. „Er wird ja dabei sein. Überprüfungsbedürftig sind zunächst mal alle. Tschüs, Väterchen. Du hörst von uns.“

Unten redete Mike mit den Glasern. Offenbar erkundigte er sich, ob man auch Panzerglas einbauen könne.

In der Pfütze vor der Einfahrt badeten Spatzen.

Das Pärchen wartete, bis die Gefiederten fertig waren, schob dann erst Mofa und Motorroller zur Fahrbahn.

„Wir gehen schlau vor“, meinte Locke, „nämlich aus organisatorischen Gründen von einem zum andern. Damit will ich sagen: Um nicht kreuz und quer durch die Stadt zu heizen, soll der kürzeste Weg die Reihenfolge bestimmen. Hast du das Straßenverzeichnis unserer Riesenstadt im Kopf?"

„Lückenlos."

„Bravo! Ab und zu bist du für leichte Aufgaben zu gebrauchen. Sieh dir die Adressen an. Wie schlagen wir zu?"

Tom grinste und starrte aufs Blatt.

„Völlig klar. Erst zu Alfons Mollendorf, dann zu Susi Lipinsky – hm. Eine Frau? Egal! Vielleicht ist sie nur die Halterin des 48er Autos, und dann und wann fahren ihre bösen Söhne damit. Der nächste wäre Edwin Knauke – von dem habe ich schon gehört. Ist, glaube ich, Generaldirektor beim Exethop-Konzern. Danach ist es wegemäßig egal, ob wir zu Sebastian Stunk brettern oder zu Roderich Schackl."

Sie fuhren los.

Mollendorfs Adresse lag in einem Wohnviertel mit kleinen Gärten.

An ein betagtes Haus lehnte sich eine Backstein-Garage. Vor ihr leuchtete ein roter Wagen in der Vormittagssonne. Es war ein alter Opel.

Ein Endsechziger mit schlohweißem Haar und Skilehrer-Gesicht bearbeitete ihn. Er hatte den Lack poliert, alle Blankstellen entrostet, Wintersplit von den Teppichen gesaugt und die Scheiben gewienert.

Das Nummernschild endete auf ... 48.

Den können wir von der Liste streichen, dachte Locke – und verständigte Tom mit einem Blick.

Ihr Freund verstand sofort und war der gleichen Ansicht, sagte aber: „Vielleicht verborgt er seine Rallye-Gurke. Das müssen wir fragen. Bei jedem!"

Sie hielten beim Tor. Um die Umwelt so wenig wie möglich mit Schadstoffen zu belasten, stellten sie die Motoren ab.

„Tag!" rief Locke. „Sind Sie Herr Mollendorf?"

Der Weißhaarige lächelte. Seine Zähne sahen so makellos aus, daß er sie bestimmt auch rausnehmen konnte.

„Der bin ich."

„Ich bin Nina. Das ist mein Freund Tom. Wir suchen einen roten Wagen mit Nummernschild-Endzahl 48, den wir gestern spätabends – besser gesagt: frühnachts – im Vorbeifahren beschädigt haben. Versehentlich. Jetzt wollen wir den Schaden gutmachen. Könnte das Ihre Rennsemmel gewesen sein?"

„Unmöglich, mein Fräulein. Seit Weihnachten stand Gottfried nur in der Garage. Keinen Meter ist er gerollt. Jetzt entmotte ich ihn. Das ehrt euch aber, daß ihr eure Unfallflucht rückgängig macht."

„Es war keine Unfallflucht. Es waren die Umstände", erklärte Locke unbestimmt. Und verschenkte ein zauberhaftes Lächeln.

Mollendorf wischte sich mit einem Lappen die Hände ab. Dabei löste sich das Pflaster auf seinem Unterarm.

Locke und Tom sahen die T-förmige Wunde.

„Wurden Sie überfallen, Herr Mollendorf?" fragte Locke überrascht. „So ein Teh habe ich nämlich auch. Den Unheimlichen verdanke ich das."

„Was?" staunte er. „Nicht mal vor einem jungen, hübschen Mädchen schrecken die zurück? Ich wurde am Donnerstagabend beraubt, als ich von Klosterheide mit der S-Bahn kam. Ein leeres Abteil. Ich war allein. Zu dritt sind sie über mich hergefallen. Und um 150 Mark haben sie mich erleichtert."

„Haben Sie Anzeige erstattet?"

„Selbstverständlich. Aber die Burschen trugen Perücken und Pappnasen. Wie sie wirklich aussehen, weiß ich nicht."

„So ähnlich war's bei mir. Irgendwann wird man die Unheimlichen fassen. Schönes Wochenende, Herr Mollendorf."

Der Alte winkte, und sie fuhren weiter zu Susi Lipinsky.

„Fehlanzeige", meinte Tom, „und trotzdem nicht vergeblich. Vielleicht kriegen wir ganz nebenbei Infos über die Unheimlichen. Manchmal ist es ja so. Man sucht nach einer Ölquelle und stößt auf ein Königsgrab. Du, unsere Liste hat leider einen Schönheitsfehler."

„Gunter kann nichts für seine Handschrift."

Unmöglich, mein Fräulein

„Ich meine nicht das, sondern die Unvollständigkeit. Hier stehen nur Namen, Adressen und Zulassungsnummern. Aber nichts über den Wagentyp. Busse, zum Beispiel, Feuerwehrautos und Lkw könnten wir von vornherein aussortieren – auch die ganz kleinen Luftverpester."

„Stimmt. Aber den Schönheitsfehler kannst du Gunter nicht anlasten. Ganz sicher hat sein tobender Spezi nichts anderes geliefert. Oder der Computer, der die Infos gespeichert hat, ist schuld. Im Zweifelsfall – egal bei welcher Behörde oder in welchem Betrieb – ist für Pannen und Fehler immer der Computer verantwortlich. Arme Computer! Diese Last der Schuldgefühle! Ein Wunder, daß die überhaupt noch funktionieren."

Sie bogen in die Burgstraße, wo die nächste Adresse war.

14. Hinter dem Bahndamm

Paul Panutzke, Leiche genannt, sah verändert aus.

Nicht im Gesicht. Aber sein Outfit *(Kleidung)* entsprach jetzt der diesjährigen Frühjahrsmode – hatte er doch den frühen Samstagmorgen dazu benutzt, sich von seinen alten Klamotten zu trennen und im Kaufhaus neu einzukleiden. Daß er unter Trenchcoat und Jacke eine Pistole trug, hätte niemand vermutet. Mit dem kränklichen Gesicht wirkte er häßlich, aber harmlos.

Er hatte bei Fritz Plinsel auf der Couch geschlafen, dem Kleinformat-Ganoven aber kein Wort von den 820000 DM gesagt.

Jetzt – die Samstagmorgen-Innenstadt-Hektik hatte gerade begonnen – marschierte er an der Eckkneipe BIERQUELLE vorbei in den Läblenger Weg.

Hoffentlich hatte der blonde Roderich noch dieselbe Adresse.

Das sechste Haus links. Nr. 14. Richtig. Ein breiter städtebaulicher Schandfleck. Zwei Eingänge, die offen standen – und Fahrräder in den Fluren. Die Treppenhauswände waren bekritzelt. Das sah er im Vorbeigehen.

Er machte kehrt an der Ecke, ging zurück und vertiefte sich in die Namensschilder neben den Klingelknöpfen des ersten Eingangs.

Namen, Namen, Namen ... Die meisten Vornamen waren abgekürzt. Es gab einen T. Meier, einen P. Meier, einen M. Meier. Keinen Roderich.

Ein Junge polterte mit seinen Rollschuhen die Treppe herab, glitt aus dem Flur auf den Gehsteig, kurvte um Panutzke herum und verlor seinen Einkaufsbeutel.

Bei der Kehrtwendung wäre er fast auf die Fahrbahn geraten, wo ein Bus vorbeifuhr.

Als er den Beutel aufhob, sprach Panutzke ihn an.

„Du! Kennst du einen gewissen Roderich? So 'n Blonder."

Der Junge musterte ihn und schien zu überlegen.

„Ah, den. Klar. Kenne ich."

„Wohnt er hier? Und wie heißt er mit Nachnamen?"

„Nein. Und Schackl heißt er."

„Was nein? Du meinst, er wohnt nicht mehr hier?"

„Nicht hier, wo Sie reinwollen, sondern in der", er zeigte mit dem Daumen, „Haushälfte. Haben Sie 'ne Mark fürs Flippern?"

Panutzke gab sie ihm.

Der Junge griente, was wohl „Danke!" bedeutete, und fegte die Straße hinunter.

Panutzke wandte sich zum zweiten Hauseingang.

Im nächsten Moment drehte er sich um, klappte den Mantelkragen hoch und schob ab in die andere Richtung.

Roderich Schackl, der Blonde, kam aus dem Haus.

Gerade noch rechtzeitig hatte Panutzke ihn gesehen.

Würde der ihn von hinten erkennen?

Bestimmt nicht!

Panutzke trat in den Eingang der anderen Haushälfte und linste um die Ecke.

Schackl schloß einen roten Ford auf, der am Bordstein parkte, und ließ sich auf den Fahrersitz fallen.

Er fuhr ab in Richtung BIERQUELLE und verschwand hinter der Kreuzung.

Sie haben sich verabredet, dachte er, um zu feiern, um mein Geld auf den Kopf zu hauen, um die Sau rauszulassen. Drei sind's, wie ich von Plinsel weiß. Bewaffnet sind sie wie ich. Trotzdem, Freunde, werdet ihr euch wundern!

Er ging zur BIERQUELLE, einer ziemlich trostlosen Kneipe, wo schon einige Anwohner beim Frühschoppen saßen, Soleier vertilgten und kalte Bouletten. Das laute Gespräch drehte sich um die Bundesliga.

Beim dicken Wirt bestellte er ein Schinkenbrot und Kaffee. Dazu das Telefonbuch. Während er sich das zweite Frühstück reinzog, fand er den Fernsprechteilnehmer Schackl. Es war

eine Frau namens Martha, Läblenger-Weg 14. Vermutlich die Mama. Na, also.

„Hinter der Herrentoilette ist ein Münzapparat“, erklärte der Wirt.

Panutzke ging erst ins WC, um sich zu überzeugen, daß dort kein Mithörer saß. Dann rief er an, und eine Frauenstimme meldete sich. Sie klang, als liege der größte Teil eines freudlosen Lebens bereits hinter ihr.

„. . .’n Morgen, Frau Schackl“, sagte er freundlich. „Hier ist Ohnesorge. Ich bin ein Freund von Roderich. Könnten Sie ihn mal holen?“

„Tut mir leid, Herr Ohnesorge. Mein Sohn ist nicht da.“

„Ach! Zu dumm! Ich müßte ihn sprechen. Ist er in die Stadt gefahren?“

„Nein, zum Schrebergarten.“

„Davon hat er mir erzählt. Dann kann ich ja hinfahren. Wo war das doch gleich?“

„Hinter-dem-Bahndamm – so heißt die Straße. Kennen Sie, ja? Es ist der fünfte Schrebergarten.“

Er bedankte sich, bestellte telefonisch ein Taxi zur BIERQUELLE und war fünf Minuten später bereits unterwegs.

ADOLF BIEDERMANN – Taxi-Unternehmen, stand auf dem Eigentümerschild am Armaturenbrett.

Panutzke fragte den Fahrer, ob er der Chef sei, aber der Mann hieß Tulpenmeier. Er wirkte unausgeschlafen. An einem Gespräch lag ihm nichts.

Hinter-dem-Bahndamm lag hinter dem Bahndamm, also am Stadtrand. Vormittagssonne beschien die Schrebergarten-Kolonie. Sie bildete die Grenze zum Landkreis. Die Felder im Hintergrund gehörten schon nicht mehr zur Stadt. Jauchewagen fuhren. Landwirte versorgten die Wiesen mit Dünger.

Panutzke stieg vor dem Ziel aus und schickte das Taxi zurück.

Stille. Jedenfalls Geräusche anderer Art, Vogelstimmen und das ferne Tuckern der Traktoren.

Er folgte der Straße. Die Schranken des Bahnübergangs waren offen. Drüben fiel das Gelände etwas ab. Hinter-dem-Bahndamm war eine schlaglochreiche Straße. Er sah Schackls Wagen sofort. Der rote Ford parkte an der Pforte des fünften Schrebergartens.

Das kleine Grundstück war mit Latten umzäunt. Die Laube hatte einen erdbraunen Anstrich – wie der Geräteschuppen, neben dem eine Regentonne stand. Es gab Zwergobst- und Spalierobstbäume, Beete, Büsche, zwei sich kreuzende Wege und das Gerippe einer Vogelscheuche.

Die Tür zur Laube stand offen.

Niemand war zu sehen – auch in den anderen Gärten nicht.

Panutzke schob die Pistole in die äußere Manteltasche und ließ die Hand dort.

Den Hut zog er sich tief in die Stirn.

Rasch ging er auf den Wagen zu.

Auch jetzt zeigte sich niemand.

An der Pforte zögerte er. Sicherlich quietschten die rostigen Angeln.

Er flankte hinüber.

In der Laube spielte ein Radio, aber gedämpft. Er hörte es erst jetzt. Leise Musik.

Zehn Schritte noch legte er zurück. Dann hatte er die Laube erreicht.

15. Stein mit Vergangenheit

„Dort muß es sein“, sagte Tom.

Es war ein grauer Gebäudeklotz an der Burgstraße – mit Vorder-, Hinter- und Nebenhaus. Diese Anhäufung von Wohneinheiten umstand einen Hof, der sich mit hoher Mauer zur Straße abschirmte. Das Tor war offen.

Entlang der vielbefahrenen Straße herrschte Halteverbot.

Sie rollerten auf den Hof. Es war der einzige Platz, wo jene Susi Lipinsky ihr 48er Auto abstellen konnte. Und richtig! Mehrere Fahrzeuge hatten sich aufgereiht – darunter war das gesuchte.

Tom lachte. „Naja, noch ’ne Fehlanzeige. Allmählich kriegen wir die Spreu weg.“

Locke betrachtete den Straßenfloh. Es war das kleinste Kleinauto, das hergestellt wird, und sicherlich nicht viel stärker motorisiert als ihr Mofa. Außerdem war es nicht rot, sondern grün, die Beifahrertür geöffnet. Hausrat füllte den Winzling. Er war mit Umzugsgut ausgestopft bis unters Dach. Auf dem Beifahrersitz stapelten sich nützliche Textilien. Lediglich der Fußraum blieb frei. Für ein Haustier, das mitfahren sollte?

„Da können wir gleich ’ne Mücke machen“, meinte Locke.

Aber sie wartete noch. Denn eine junge Frau kam aus dem Hinterhaus. Sie trug gesteppte Winterstiefel unter dem Jeansrock, einen giftgrünen Anorak und unter jedem Arm einen Stapel Bücher. Blondes, ziemlich ungekämmtes Haar umwehte das hübsche Gesicht.

„Das will ich sehen, wie sie die Bücher noch reinkriegt“, sagte Tom.

Die Blonde hörte das und lächelte. „Er schluckt mehr, als man denkt. Vielleicht ist er aus Gummi.“

„Ihr Porsche?“ fragte Locke.

„Klar. Er ist treu, genügsam und widerspricht nicht.“

Sie fand hier und dort noch etwas Platz und stopfte die Bücher hinein.

„Sie sind sicherlich Susi Lipinsky“, sagte Locke.

„Richtig.“ Sie blickte erstaunt. „Kennen wir uns?“

Das Pärchen stellte sich vor, und Locke erklärte, weshalb sie unterwegs waren.

Susi Lipinsky fand das gut. Man müsse selber ranklotzen, meinte sie, und dürfe Ermittlungen so persönlicher Feindschaft nicht den Ordnungshütern überlassen, weil denen das schnurz sei.

Sie war Studentin, hatte eine billigere Bude gefunden und zog deshalb um.

„Mein Freund ist nach Hause gefahren“, sagte sie. „Wie das so ist – wenn man einen starken Mann braucht, glänzt er mit Abwesenheit. Wenn ich nur wüßte, hach, wie ich meinen Stein in den Wagen bringe. Er wiegt mindestens 80 Pfund.“

Sie musterte Tom, ob sie ihm diese Last zumuten könnte.

„Tom ist ein starker Typ – auch muskelmäßig“, erklärte Locke. „Er hebt – wenn's sein muß – die Welt aus den Angeln. Aber wozu, um Himmels willen, brauchen Sie einen 80-Pfund-Stein, Susi? Als Briefbeschwerer?“

Die Studentin lachte. „Der Stein ist historisch, deshalb wertvoll. Auch als Erinnerung. Ich habe ihn in Ostia Antica geklaut. Kennt ihr, ja? Es war einst der Hafen des kaiserlichen Roms. Ist heute eine Ruinenstätte für Touristen. Sehr interessant. Da steht zwar an jeder Ecke ein Wächter und paßt auf, daß man keine Mauer mitnimmt. Aber wir haben es trotzdem geschafft. Ich war mit August da. Mein Freund wird der Starke genannt, weil er Gewichtheben betreibt. Er hat den Stein in seine Jacke gewickelt und unterm Arm getragen wie nichts. Etwa 500 Meter weit – bis zum Parkplatz. Über alle Grenzen haben wir ihn dann hierher geschmuggelt. Jetzt hänge ich sehr an diesem gewichtigen Stück steingewordener Geschichte.“

Tom trug ihr den Ostia Antica-Stein zum Kleinwagen, der vernehmlich seufzte, als er auch damit beladen wurde: vor dem Nebensitz.

Selbstverständlich trug Tom die ‚steingewordene Geschichte' auf einer Schulter – und hielt's nur mit einer Hand fest, lässig.

Der Stein war rund und sah eigentlich nur wie ein Stein aus. Aber welch erhabene Vergangenheit haftete an ihm.

„Dann gutes Eingewöhnen in der neuen Bude!" wünschte Locke, und das Pärchen rollerte weiter.

„Was unser Ziel betrifft", rief Locke in den Vormittagswind, „kommen wir zwar keinen Millimeter voran. Aber man lernt Menschen kennen. Ist auch nicht schlecht."

„Wir sind ja noch nicht am Ende der Liste."

„Erst am Anfang."

„Dann zu Generaldirektor Knauke."

„Ob wir uns den Weg sparen, Tom? Meinst du, daß so ein großes Tier mit Ziegelsteinen wirft?"

„Bei großen Tieren – die man umgangssprachlich als Prominente des öffentlichen Lebens bezeichnet – sind charakterliche Mängel oft selbstverständlich: Hinterlist, Machenschaften, Bestechung, Lüge. Sonst wären sie doch nicht das, was sie sind. Warum, zum Henker, sollen wir gerade sie aussparen?"

„Wie recht du hast! Ich war geistig weggetreten. Also zu Knauke!"

Diesmal war's eine längere Strecke.

Im Villenviertel war das Wetter besser als im Rest der Stadt, nämlich noch sonniger und mindestens 0,9 Grad wärmer.

Auf den Prachtgrundstücken hatten sich Weiden silberhaarige Kätzchen-Knospen angesteckt. Rasenflächen und Wege waren geharkt.

Ohne Hast fuhren sie zur Knauke-Adresse, einem Riesengrundstück mit L-förmigem Bungalow. Nebenan stand die Doppelgarage, davor ein roter Rolls Royce.

Schaum bedeckte den asphaltierten Boden. Die Nobelkutsche wurde gebadet. Ein bulliger Typ mit rotem Gesicht und Stoppelschnitt hinter der Glatze wusch dem Rolls die Ohren. Jedenfalls schrubbte er mit Hingabe an dem schönen Auto herum und verbrauchte enorm viel Auto-Shampoo.

Damit dem Bulligen die Cordhose nicht wegrutschte, hatte er sie mit Hosenträgern verankert. Er trug ein blaukariertes Hemd und hatte die Ärmel hochgerollt.

Das Pärchen hielt vor der Einfahrt und sah andächtig zu.

„Man kann das Nummernschild nicht erkennen", sagte Locke. „Der Schaum bedeckt alles."

„Den Trick kennen wir ja." Tom grinste. „Ich wette, da ist eine 48 drunter."

An die Garage, westseitig, schloß sich eine Pergola (*offener Laubengang*) an.

An einem Pfosten, den wilder Wein umrankte, lehnte ein Mann. Er war hochgewachsen, hatte ein gutgeschnittenes Gesicht – und der graue Zweireiher saß wie angegossen, stammte sicherlich von einem Maßschneider.

Ist das Knauke? überlegte Locke.

Der Hausherr sah seinem bulligen Chauffeur zu und rauchte eine Zigarette. Ein amüsiertes Lächeln lag auf dem Gesicht. Jetzt wanderte der Blick zu Locke und Tom.

Auch der Chauffeur hatte sie bemerkt. Er hielt inne.

„Na, ihr Maulaffen (*Gaffer*)", meinte er. „Noch nie 'nen Rolls gesehen?"

„Schon oft", erwiderte Locke. „Aber noch nie einen Bademeister, der so beim Arbeiten schwitzt."

In dem roten Gesicht schoben sich die Brauen zusammen.

„Ihr junges Gemüse wißt doch gar nicht, was Arbeiten ist!"

„Hör dir den Opa an, Locke!" meinte Tom. „Wie er Vorurteile absondert! Wer jung ist, muß faul sein ..."

„... aufsässig und anspruchsvoll", lachte sie. „Sonst stimmt Opas Weltbild nicht mehr."

Der Chauffeur machte eine wegwerfende Geste und wandte sich wieder dem Lack zu.

Der Raucher im grauen Anzug verzog keine Miene.

„Wir suchen einen Schwerverbrecher", rief Locke. „Er fährt einen roten Wagen. Und das Kennzeichen endet auf ... 48. Dürfen wir mal unter den Schaum gucken?"

„Was?“

Der Bullige hielt inne und drehte sich um.

„Er steckt nicht nur voller Vorurteile“, sagte Tom. „Er begreift auch langsam. Ich werde mal einen Blick werfen. Hoffentlich beschimpft man mich nicht gleich als Hausfriedensbrecher.“

Er bockte seinen Roller auf und stiefelte in die Einfahrt.

An Edwin Knauke, den Raucher, gewandt, sagte er: „Gestatten Sie, daß ich Ihr Hoheitsgebiet mal kurz verletze. Es muß sein. Unsere Ermittlungen brauchen einen Schub nach vorn.“

Knauke verzog auch jetzt keine Miene. Tom trat zu dem Bulligen ans Rolls-Heck und wischte etwas Schaum vom Nummernschild.

„Aha! Endet auf ... 48.“

Er ging zur rechten Seite und blickte in den Fond.

„Leider blitzblankes Leder. Aber vielleicht finden wir doch einen Hauch von Ziegelstaub? Oder ...“, er drehte sich um und sah Knauke an, „halten Sie das für ausgeschlossen, Herr Generaldirektor?“

Hinter Tom begann der Chauffeur brüllend zu lachen.

Auch Knauke gestattete sich zwei angehobene Mundwinkel.

Ein tropfnasser Schwamm flog durch die Luft.

„Ducken, Tom!“ rief Locke.

Er reagierte blitzartig.

Der Schwamm trudelte über ihn hinweg und fand ein anderes Ziel.

Platsch! – prallte er dem Hausherrn an die zweireihige Brust. Ein dunkler Fleck blieb zurück.

Heiliger Schreck! dachte Locke. Jetzt wird der Dicke entlassen.

Aber der schien sich um seinen Job nicht zu sorgen, sondern bog sich vor Lachen.

„Volltreffer, Herr Generaldirektor! Habe ich etwa Ihre Nikotinnudel bespritzt?“

Mit beiden Händen hielt er sich den Bauch. Dann rannte er ins Haus. Offenbar zwang ihn der Lachanfall auf die Toilette.

„Entschuldigung!“ sagte Tom. „Ich habe zwar nicht geworfen. Aber mich sollte der Schwamm treffen. Jetzt sind Sie ganz schaumbekleckert, Herr Knauke.“

Ein Daumen wies zur Haustür.

„Das war Knauke.“

„Waaaaas?“ rief Locke. „Der Dicke, der das Auto wäscht? Unseren Infos liegt die Erkenntnis zu Grunde, daß es sich um den Generaldirektor der Exethop handelt.“

„Das stimmt“, lächelte der Raucher. „Aber er liebt seinen Rolls und pflegt ihn gern eigenhändig. Außerdem ist Autowäsche der einzige Sport, den er betreibt. Golf – langweilig, sagt er. Und für einen richtigen Sport hat er keine Puste.“

Locke kicherte. Tom schüttelte den Kopf.

„Wir sind Nina und Tom – auf dem Kriegspfad“, stellte er vor. Mit ein paar Sätzen erklärte er, weshalb sie ein rotes ... 48er-Auto suchten.

„Und wer, werter Herr, sind Sie?“ fragte er dann.

„Ich bin der Chauffeur.“

„Uih!“ quietschte Locke. „Ist diese Schale Uniform?“

„Richtig!“ nickte er. „Mein Name ist Maximilian Alexander von Basenstein. Ohne L, bitte.“ Er lächelte. „Meine Herkunft ist mittelhoher Landadel, leider verarmt. Man muß leben, und dem Knauke gefällt es, daß er einen edelmännischen Chauffeur rumscheuchen kann. Wahrscheinlich kündige ich bald. Knauke ist ein ...“

Beinahe hätte er seine Kinderstube vergessen.

Gerade rechtzeitig bremste er sich noch, was die Gegenwart einer jungen Dame allemal erfordert.

Tom grinste, legte einen Finger über die Lippen und öffnete die Autotür.

Er beugte sich über die Sitze, äugte, schnüffelte, pustete sogar in die Ritzen.

Aber da war kein Ziegelstaub.

Onkel Tom!

„Ihr Chef, Herr von Basenstein", sagte Locke, „gefällt uns auch nicht. Ein rücksichtsloser Neureich, wie?"

Der Chauffeur nickte. „Außerdem ein industrieller Umweltverschmutzer. Man könnte ihm am Zeug flicken, daß seine Hosenträger platzen. Aber er hat einflußreiche Freunde, die seine Interessen vertreten. Politiker – meine ich. Hat sie überall. In Bonn. Im Landtag. Und hier im Stadtparlament. Seht mal!"

Mit dem Kinn wies er straßab, wo sich ein Wagen näherte.

„Da kommt einer von denen, die ich meine."

Ein Taxi näherte sich. Nur der Fahrer saß drin.

Huch! dachte Locke.

Es war Adolf Biedermann.

16. Gefesselt und geknebelt

Leise dudelte das Radio. Paul Panutzke schob sich näher an die Tür der Laube.

Jetzt hörte er Roderich Schackl, jedenfalls dessen Schritte.

Er ging hin und her auf den Holzdielen.

Panutzke, Leiche genannt, zog die Pistole aus der Tasche und trat ein.

Die Schrebergartenlaube war ziemlich groß, aber mit Holztisch und Stühlen nur spärlich möbliert.

Schackl stand in einer Ecke, mit dem Rücken zur Tür, und kramte in einer kleinen Kiste.

Da sich die Eingangstür verdunkelte, merkte er, daß er nicht mehr allein war.

„Hier könnten wir sie reintun, Friedhelm", sagte er über die Schulter, „und dann ..."

Stimmte was nicht?

Er sah sich um.

Ihre Blicke stießen gegeneinander wie zuschlagende Fäuste.

Schackl wurde pfahlsteif. Sein Kiefer sank herab. Die langen Schneidezähne kamen noch deutlicher zum Vorschein.

„Da bin ich, du Dreckskerl. Erkennst mich, wie?"

„Was? Nein. Wer ... sind Sie? Ich ... kenne Sie nicht."

Schackl stotterte. Sein Blick flackerte. Er log.

Panutzke grinste. „Aber ja. Du weißt, wer ich bin. Ihr habt ziemlich hart zugeschlagen, gestern abend. Hinter dem Abbruchhaus am Fliederweg. Du und der andere."

Schackl starrte auf die Pistole in Panutzkes Hand.

„Ich ... habe Sie nicht geschlagen."

„Ich weiß. Dir ist fast das Herz gebrochen, als mir dein Kumpel eins verpaßte. Wo ist mein Geld?"

„Ihr ... was?"

„Mach mich nicht ärgerlich. Sonst bleibt kein Knochen an dir ganz. Wo mein Geld ist, will ich wissen! 820000 waren in dem Koffer, den ich dort vergraben hatte."

Schackls Zunge fuhr nervös über die Lippen. Er linste an Panutzke vorbei in den Garten. Dort badeten kahle Sträucher im Sonnenschein. Sonst war nichts los.

„Ihr Geld? Machen Sie Witze? Mann! Das war ein einziger Matsch. Papiermasse. Brei. Geldscheinpudding. Nicht mehr zu gebrauchen."

„Ach nee?"

Panutzke spürte Unbehagen, aber nur für einen Moment. Schackl log. Diese Überzeugung gewann die Oberhand.

„Ja, doch, Mann! Ein Jammer um das schöne Geld."

„Und weshalb habt ihr's dann mitgenommen?"

„Weil ... äh ... Friedhelm fand's lustig."

„Ich frage zum letzten Mal: Wo ist mein Geld?"

„Die Pampe ist bei Friedhelm. Er ... er kommt gleich ... äh ..."

Schackl biß sich auf die Lippen.

„Wolltest du sagen, er kommt gleich her?"

Schackl schwieg.

Panutzke ging auf ihn zu.

„Leg dich auf den Boden! Gesicht nach unten! Hände auf den Rücken!"

Der Blonde erstickte fast an seiner Wut. Aber ihm blieb keine Wahl.

Panutzke sah ein Stück Wäscheleine, das an der Wand hing. Damit fesselte er ihn.

Schackl mußte sich in eine Ecke hocken. Ein Putzlumpen wurde ihm als Knebel zwischen die Zähne gepreßt.

Panutzke tastete seine Taschen ab, fand aber nur ein Springmesser, keine Pistole.

Das Radio brabbelte. Panutzke stellte es ab.

Läuft ja wie geschmiert, dachte er. Der Mistkerl liegt hier auf Eis. Der andere tanzt gleich an. Wahrscheinlich hat er mein Geld bei sich, und ich bin am Ziel.

Sein Blick fiel auf die Holzkiste, mit der sich Schackl beschäftigt hatte.

Sie enthielt Schrauben und Nägel. Werkzeuge lagen daneben: Schlichthobel, ein Satz Gabelschlüssel, Hammer, Bügelsäge, Schraubendreher, Sägeraspel, Kleinschraubstock, Schruppfeile, Eckrohrzange und Fuchsschwanz.

Offensichtlich war Schackl damit beschäftigt gewesen, die Kiste leerzuräumen.

„Verstehe", sagte der ehemalige Strafgefangene. „Dein Freund Friedhelm bringt das Geld mit. Und hier wollt ihr's verstecken. Richtig? Aber doch nicht hier in der Laube! Das wäre zu riskant. Es soll vergraben werden – in dem stabilen Kistchen. Und dann und wann holt ihr euch, was ihr braucht."

Er trat zu dem einzigen Fenster der Laube. Es lag an der Rückfront. Er sah hinaus, und sein Blick fiel auf ein frisch gegrabenes Loch. Es befand sich zwischen zwei Büschen. Der Aushub daneben bildete einen kegelförmigen Haufen.

„Sage ich's doch! Du hast das Loch schon gebuddelt. Das muß man euch lassen – dort hätte es niemand gefunden."

Schackl schüttelte den Kopf. Was er durch den Knebel grunzte, war unverständlich und interessierte Panutzke nicht.

Er trat zur Tür, blickte hinaus. Es war der richtige Moment.

Ein alter VW-Bus ratterte heran und hielt hinter dem roten Ford.

Ein junger Typ stieg aus und blickte her zur Laube. Aber Panutzke war hinter den Türstock zurückgewichen und riskierte nur ein Auge.

Friedhelm. Na, also! Da kam er ja. Kam jetzt durchs Gartentor. Unterm Arm trug er eine schäbige Aktentasche. Garantiert war das Geld drin.

Panutzke stellte sich hinter die Tür.

Schritte auf dem Gartenweg.

Schackl begann zu stöhnen.

Panutzke trat zu ihm. Die Pistole traf Schackls Kopf wie ein Hammer.

Jetzt hätte er Grund gehabt zu stöhnen, aber er wagte keinen Laut.

Ich bin Roderich.

Der Ganove huschte wieder zur Tür, hob die Waffe und wartete ...

„Roderich!“ rief Friedhelm. Seine Stimme krächzte. Wahrscheinlich rauchte er wie ein Schlot und war dem Schnaps zugetan.

Tritt ein, Freund! dachte Panutzke. Mit einer Tasche voll Geld bist du immer willkommen.

„Ich bin's, Roderich“, rief Friedhelm. Er argwöhnte nichts, sondern kam in die Laube.

17. Versteckte Schadenfreude

Das Taxi hielt. Biedermann stieg aus. Er hatte dicke Augen, als hätte er nicht nur bis zum späten Abend gefeiert, sondern die Nacht hindurch. Sonne blendete ihn. Er blinzelte und bemerkte Locke erst jetzt.

„Hallo!" rief er aufgekratzt. Und noch mal: „Hallo!" Aber das klang gedämpfter. Wahrscheinlich fiel ihm ein, daß er sich wenig heldenhaft benommen hatte.

„Tag, Herr Biedermann!" sagte Locke.

Sie sprach den Namen nur aus, damit Tom, der ihn nicht kannte, Bescheid wußte.

Papis Zielscheibe, dachte sie, hat mir gerade noch gefehlt. Wie sich's trifft! Beim miesen Knauke, dem Umweltschädling – dem industriellen –, tanzt Biedermann an. Wahrscheinlich werden sie ein typisches Neureichs-Frühstück einnehmen – mit Kaviar, obwohl ihnen Wiener Würstchen besser schmecken, und mit Champagner, obwohl sie am liebsten Bier trinken. Und dann werden sie politische Ränke aushecken und nach Schlupflöchern im Gesetz suchen.

„Ja, so ein Zufall!" gröhlte Biedermann – mit aller Heiterkeit, die er aufbringen konnte. „Das Fräulein Nina. Wieder gesund und wohlauf? Ist der Schreck überwunden?"

Er streckte ihr die Hand hin, und sie mußte sie nehmen.

„Völlig!" sagte Locke. „Völlig überwunden, der Schreck. Sie sind auch wieder gut drauf, wie?"

„Mich wirft nichts um, Fräulein Nina." Er nickte dem Chauffeur zu. „Morgen, von Basenstein." Dann äugte er Tom an.

„Das ist mein Freund Engelbert Conradi", stellte Locke vor.

Tom fletschte ein Grinsen und wandte den Kopf, damit Biedermann ihn auch im Profil sah.

„Wollt ihr zu meinem Freund Knauke?" Neugier strahlte Biedermann aus den Augen.

„Nö, nicht direkt." Locke suchte nach einer Erklärung.

Aber M. A. von Basenstein, dieses Rhinozeros, war offenbar nicht nur als Adel verarmt, sondern auch geistig. Er kam ihr zuvor.

„Die beiden sind auf dem Kriegspfad“, erklärte er lächelnd, „suchen nach einem roten Wagen mit der Kfz-Zulassungsnummer, die auf 48 endet. Weil in dem die beiden Täter saßen, die letzte Nacht einen Ziegelstein bei Nina durchs Blumenfenster warfen. Hat natürlich erheblichen Schaden verursacht. Der Stein traf Ninas Großmutter. Sie liegt jetzt mit verletztem Knie im Krankenhaus.“

Biedermann drückte Denkerfalten in seine Speckstirn.

„Häh? Einen Ziegelstein hat man Ihnen ... Warum denn das, Fräulein Nina?“

„Weiß ich doch nicht. Deshalb suchen wir ja nach den Tätern.“

„Wohnst du zu Hause – bei deinen Eltern?“

„Bei meinem Vater. Ja.“

Biedermann glotzte. Eine dicke Zunge hing in dem linken Mundwinkel. Er schob sie nach rechts. Dann wurde sie zurückgezogen.

„Ist ja unerhört, so was! Ist ein Anschlag, wie? Auf dich – oder auf deinen Vater?“

„Wir sind immer noch per Sie, Herr Biedermann.“

„Entschuldigung! Ja! Wie heißt Ihr Herr Vater?“

Lügen hätte nichts gebracht. Sie blickte unschuldig wie ein Lamm und senkte die Wimpern nur ganz wenig über ihre Glutaugen, als sie sagte: „Rehm. Gunter Rehm. Ich glaube, Sie kennen ihn. Er ist leitender Redakteur beim Tageblatt.“

„Oh!“

Wenn er jetzt feixt, dachte Locke, haut ihm Fräulein Nina eine rein.

Aber Biedermann beherrschte sich. Schadenfreude schoß Blitzlichter aus seinen Froschaugen. Er straffte die Schultern. Sein Rundrücken richtete sich auf. Doch er tat scheinheilig, preßte Kummerfurchen ins Feistgesicht und senkte grämlich die Mundwinkel.

„Ja, der Name ist mir bekannt. Ihr Herr Vater tritt sicherlich in jedes Fettnäpf... will sagen: wirbelt Wespennester auf und sticht in den Staub... äh, umgekehrt. Jedenfalls macht er Ärger, und den kriegt er nun zurück. Da hat sicherlich jemand Rache genommen, wie? Wie groß ist denn der Schaden?"

„Das Fenster muß erneuert werden."

„Teurer Spaß, was?"

„Das zahlt die Versicherung."

„Und ihr habt die Täter gesehen?"

„Wir wissen, daß es zwei sind. Daß sie in einem roten Auto fuhren und daß die Zulassungsnummer mit ... 48 endet."

„Habt ihr die Polizei eingeschaltet?"

„Ist Ihnen nicht aufgefallen, daß es in der Stadt von Uniformen wimmelt? Ich glaube, auch der Bundesgrenzschutz ist da, und spätestens gegen Mittag werden Sondereinheiten unserer NATO-Verbündeten erwartet."

Endlich durfte Biedermann lachen. Er ließ seinen Frohsinn raus, sonst hätte ihn der innere Druck zerrissen.

Gutgelaunt watschelte er zur Eingangstür. Nachdem er geklingelt hatte, blickte er zurück. Sein Lachen war verstummt.

Locke erschrak. Gehässigkeit und Genugtuung standen für einen kurzen Moment in seinem Gesicht. Dann wandte er sich zur Tür, die eben von Knauke geöffnet wurde.

Der Dicke hatte sich umgezogen. Er empfing Biedermann mit herzlichem Handschlag.

Gesindel! dachte Locke. Denen wäre es zuzutrauen, daß sie nachts mit Steinen schmeißen. Charakterlich hätten sie dazu das richtige Format. Aber natürlich sind sie's nicht gewesen. Wegen Mangel an Beweglichkeit. Weil außerdem ein Rolls Royce nicht so röhrt – wie das Täter-Fluchtauto. Und letztlich – weil die beiden Dickwänste keinen Mumm im Skelett haben. Ihresgleichen kommt nur als Anstifter in Betracht.

Der Gedanke gefiel ihr.

Muß ich Tom nachher sagen, nahm sie sich vor.

„So", meinte Basenstein. „Dann werde ich mal meinen

Overall anziehen und hier den Schaum wegspritzen. Den Asphalt liebt Knauke nämlich nicht. Den darf ich pflegen."

Er wollte sich hinter die Garage begeben, wo er vermutlich zwischen Bungalow und Pergola seine Dienstwohnung hatte – aber eine Frau trat vor die Tür, und ihr Blick suchte nach ihm.

„Basenstein!" rief sie. „Bedienen! Ziehen Sie weiße Handschuhe an. Und dann servieren Sie das Frühstück."

„Ich komme, Frau Knauke."

Ihm war's peinlich vor dem Pärchen. Aber er lächelte edelmännisch, während die Hausherrin kehrtmachte.

Sie war füllig wie ihr Angetrauter, hatte eine apfelsinenfarbene Coiffeur-Creation (*Frisör-Schöpfung*) auf dem Kopf und ein Vorstadtgesicht.

Hinsichtlich der Herkunft, dachte Locke, kann sie ihrem Diener-Chauffeur das Wasser nicht reichen. Aber rumkommandieren kann sie ihn. Scheint bei Knaukes Hobby zu sein. Andere halten sich ein Haustier, diese Neureichs einen Landadeligen. Aber er wird ja bald kündigen.

Sie wünschten ihm ein schönes Wochenende und verließen den Schauplatz.

„Bevor wir's besülzen", sagte Locke, „müssen wir die neue Richtung wissen. Wohin?"

„Läblenger Weg", meinte Tom. „Da wohnt ein gewisser Roderich Schackl. Der Vorname klingt irre alt. Wahrscheinlich ist es ein Greis, der jeden Tag mit sich kämpft, ob er den Führerschein zurückgeben soll oder nicht. Aber überprüfen müssen wir den Listenvierten."

18. Wieder vereint

Als Friedhelm, der Chef der Unheimlichen, in die Laube trat, hielt ihm Panutzke die Pistole vors Gesicht.

„Keine Unbesonnenheit, Kleiner! Sonst fehlen dir gleich die Ohren.“

Friedhelm sprang einen halben Schritt zurück.

Der Schreck breitete sich schneller als Blut in ihm aus.

Sofort erkannte er den Mann, und sein Gehirn koppelte die richtigen Gedanken zusammen.

Nicht zu glauben! Wie hatte der’s geschafft, sie so schnell aufzuspüren? Und seine Waffe – eine Bundeswehr-Pistole! Das gleiche Modell wie die drei, die er – verdammt und zugenäht – hier in seiner Aktentasche hatte.

Aber erst mal, dachte er, stelle ich mich strohdumm. Roderich, dieser Kleingärtner! Hat sich übertölpeln lassen und ist jetzt verschnürt wie ein Rollschinken. O weh! Er blutet an der Rübe.

„Heh, Opa! Ist das ein Überfall?“

„Du errätst es, kluger Junge.“

Panutzke mußte an sich halten, um ihm nicht die Aktentasche wegzureißen.

„Was wollen Sie denn absahnen? Bis zur Obsternte dauert’s noch ein halbes Jahr. Haben sich wohl in der Adresse geirrt? Das ist hier nicht die Stadtsparkasse. Außerdem hat die heute geschlossen. Wir ...“

„Halt den Rand!“ fuhr ihm Panutzke dazwischen. „Und tu nicht dumm. Ich will nur mein Geld zurückhaben. 820000! Klar?“

Schackl begann wie wild in den Putzlumpen zu grunzen, aber keiner achtete auf ihn.

„Was für Geld, Mann?“

„Dein Kumpel hat schon zugegeben, daß ihr’s habt. Und hier vergraben wollt. Leg die Tasche auf den Tisch! Und dann dort an die Wand.“

„Äh, die ..."
„Wird's bald!"
Friedhelm gehorchte.
Mist! dachte er. Wenn er jetzt ... Und was, zum Teufel, hat Roderich zugegeben? Oder blufft der Mann nur?
„Soll ich die Tasche aufmachen?" bot er an. „Und ... äh ... alles rausnehmen."
„Pfoten weg! Dreh dich zur Wand. Hände über den Kopf."
Panutzke behielt ihn im Auge. Weiterhin war die Waffe auf Friedhelm gerichtet.
Als Panutzke die Tasche berührte, spürte er schweren, kantigen Inhalt. Nanu?
Er öffnete sie mit der linken Hand, griff hinein, fühlte die Waffen, fühlte Schachteln mit Munition – und sonst nichts.
„Eure Pistolen. Auch gut. Warum bringst du sie her?"
„Weil wir sie hier verstecken wollen."
„Wieso hier?"
„Wo sie vorher waren, sind sie nicht mehr sicher."
„Na, schön. Das ist eure Sache. Ich will nur mein Geld. Wo hast du's?"
Friedhelm seufzte. „Geld? Ich höre immer Geld. Wäre ja herrlich. Aber in dem vermoderten Koffer war nur noch Matsch. Wer sich mit Banknoten auskennt und ganz scharf hinguckt, errät – vielleicht –, worum es sich handelt."
„Du lügst. Ihr habt euch das ausgedacht. Mag sein, daß einige Scheine feucht und verdorben sind – aber der größte Teil ist gutes Geld."
„Feucht und verdorben? Einige? Hast du das gehört, Roderich? Ich könnte weinen. Dann waren es also 820000. O Mann! Und jetzt können Sie damit nur noch die Mülltonne füllen."
Roderich hatte was zu sagen. Er grunzte und brabbelte in den Putzlumpen. Sicherlich pflichtete er Friedhelm bei.
Panutzke schloß die Aktentasche und nahm sie unter den linken Arm.
„Wir fahren jetzt zu dir. Nur wir beide. Den blonden Rode-

Wir fahren jetzt
zu Dir.

rich schließen wir ein. Er bleibt gefesselt und geknebelt. Später kannst du ihn befreien. Wo wohnst du?"

„Im Graben 17."

„Wo ist das?"

„In der Stadt."

„Wenn du eine aufs Maul haben willst, gibst du noch mehr solche Antworten. Ich will wissen, *wo* in der Stadt?"

„Im Stadtteil Felixburg, hinter dem ehemaligen Amtsgefängnis."

„Hm." Amtsgefängnis, dachte er.

Panutzke schätzte diese Orte nicht, aber das war eine Gefühlssache, der Verstand hatte nichts einzuwenden.

Roderich blieb zurück.

Friedhelm mußte die Laube abschließen. Den Schlüssel durfte er behalten.

Panutzkes Hand umschloß die Pistole in der Manteltasche. Durch den Stoff war die Mündung auf den Chef der Unheimlichen gerichtet.

Sie gingen zur Straße. Friedhelm mußte fünf Schritte Vorsprung halten.

Der VW-Bus erwies sich als betagte Rostlaube. Beim TÜV *(Technischer Überwachungsverein, der überprüft, ob die Fahrzeuge verkehrstauglich sind)* hätte er sich schon vor vier Wochen vorstellen müssen. Das würde sein Schicksal besiegeln: Verschrottung.

Panutzke setzte sich hinter den Fahrersitz.

Friedhelm sagte: „Aber halten Sie mir nicht die entsicherte Knarre ins Kreuz. Ein Schuß könnte sich lösen, wenn ich plötzlich bremsen muß."

„Fahr los!"

Die Karosserie klapperte zwar. Aber der Motor arbeitete, als wäre er gestern vom Fließband gekommen. Freilich schien's an den Bremsen zu hapern. Doch Friedhelm wußte das. Wo auch immer ein Hindernis auftauchte – er stand längst auf der Bremse.

„Wohnst du allein?"

„Mit meiner Mutter."

„Wie dein Kumpel, was. Ihr seid Halbwaisen?"

„So könnte man's nennen. Jedenfalls hat sich mein Alter rechtzeitig dünnegemacht. Der war schon weg, als ich geboren wurde, der Kacker. Mutter redet nicht über ihn. Ist auch besser. Sonst kaufe ich ihn mir, und dann darf er nachzahlen – Unterhalt und so: für mich arme Halbwaise. Mann, sagen Sie mal! Wie haben Sie uns so schnell gefunden?"

„Nase, Freundchen. Ich bin eurem Geruch gefolgt."

„Tatsächlich? Mann, ich hätte Sie glatt für 'nen Menschen gehalten. Und jetzt stellt sich raus: Sie sind ein Köter."

„Paß auf! Die Ampel springt auf Rot."

Friedhelm hielt. Neben ihnen stoppte ein Polizeiwagen.

Der rechtssitzende Beamte blickte stirnrunzelnd auf den VW-Veteran.

Beide – Friedhelm und Panutzke – bemerkten das, und für einen Moment hielten sie die Luft an.

Aber bei Grün setzte sich der Streifenwagen in Bewegung und bog links ab.

„Phhhhh..." machte Friedhelm. „Dachte schon ... Müßte nämlich längst beim TÜV gewesen sein. Aber ich warte", er grinste, „bis mein Porsche geliefert wird."

„Den du mit meinem Geld bezahlst, was?"

„Mann, glauben Sie's doch! Da war nicht ein Schein dabei. Nur Matsch, Matsch, Matsch."

„Den wirst du mir zeigen."

„Klar."

„Ich nehme an, du hast ihn gebündelt. Alles Tausender-Häufchen. Und das mit dem Porsche ist kein Witz, du wolltest dir wirklich einen bestellen."

Friedhelm hob die Achseln. „Mit Ihnen streite ich mich nicht. Sie sind mir zu stur."

Im Graben – stand auf dem Straßenschild, an dem sie vorbei rollten.

Nr. 17 war ein ziemlich neues Mehrfamilienhaus – langweilig, als hätte der Architekt Gehirnlähmung gehabt. Es enthielt zwölf Wohnungen, vier in jeder Etage.

Friedhelm hielt vor dem Eingang.

Sie stiegen aus. Panutzke paßte auf wie ein Luchs.

„Bild dir nicht ein, daß du mich überrumpeln kannst."

„Weshalb sollte ich das versuchen? Sie werden gleich ein paar Kilo Pappmaché *(Papierbrei)* beglotzen: Das können Sie sich dann sonstwohin stecken – und damit 'ne Mücke machen."

„Geh voran! Ist deine Mutter zu Hause?"

„Wahrscheinlich nicht. Samstags macht sie Einkäufe."

Sie traten ins Haus und stiegen die Treppe hinauf.

Niemand begegnete ihnen.

„Obergeschoß hinten rechts", sagte Friedhelm.

Er blieb vor der Tür stehen, zerrte den Wohnungsschlüssel aus der Tasche und schloß auf.

Mit seinem breiten Kreuz hatte er das Namensschild verdeckt. Jetzt las Panutzke, was auf dem Messingstreifen stand.

„Wie ... wie ... heißt du?" stammelte er.

„Was?"

Friedhelm drehte sich um.

„Dein ... Name!"

„Ach, das wissen Sie nicht? Ich heiße Friedhelm Panutzke. Mutter ist doch da, wie ich gerade sehe." Er deutete auf den Damenmantel an der Garderobe. „Das Zeug habe ich in meinem Zimmer."

Er ging voran.

Gleich kippe ich um, dachte Panutzke.

„Friedhelm!" rief eine Frauenstimme aus der Küche. „Willst du eine Tasse Bouillon?"

„Nachher, Mutter! Ich ... habe wen mitgebracht. Wir holen nur was und gehen gleich wieder."

Sie öffnete die Küchentür. Natürlich wollte sie sehen, wer da in ihre Wohnung kam. Roderich oder Otto konnten es nicht sein. Die hätte Friedhelm mit Namen genannt.

Paul!

Sie war auf der Schwelle zum Alter und hatte viel Grau im blonden Haar. Entbehrungen hatten das ehemals hübsche Gesicht schlaff und müde gemacht.

Aber sie war immer noch die Hannelore von damals. Er erkannte sie sofort.

Sie starrten sich an.

Ihre Hand krampfte sich ums Türblatt. Aus dem Gesicht wich alles Blut.

„Paul?"

Er mußte zweimal ansetzen, bevor er sagte: „Ja, ich bin's."

Schweigen füllte die winzige Diele.

Friedhelm glotzte von seiner Mutter zu ihm und begriff, langsam, daß hier was ganz Irres lief.

„Heh", meinte er. „Kennt ihr euch etwa?"

Unverwandt blickte Hannelore Panutzke ihren geschiedenen Mann an.

„Ja", sagte sie. „Wir kennen uns."

In diesem Moment hätte Friedhelm ihn anspringen und überwältigen können. Eine innere Stimme hielt ihn davon ab.

„Und er?" Der ehemalige Strafgefangene wies auf Friedhelm. „Wer ist er?"

„Das ist Friedhelm", sagte sie. „Dein Sohn."

19. Endlich eine heiße Spur

Läblenger-Weg 14, wo der Listenvierte wohnte, hatte zwei Eingänge.

Locke und Tom hielten vor dem ersten, und das war der richtige, denn hier tauchte der Name Schackl neben einer Klingel auf, aber mit dem Vornamen Martha.

„Dann ist er kein Greis", meinte Locke, „es sei denn, ein Siebzigjähriger lebt mit seiner neunzigjährigen Mutter zusammen."

„Und sie fährt den Wagen", Tom grinste. „Hat's alles schon gegeben. Wartest du? Ich stoße mal rein in die Wohnmaschine."

Er war nach drei Minuten zurück.

„Nette Frau, die Frau Schackl, aber abgeschlafft. Sicherlich putzt sie täglich zehn Stunden lang Büros. Roderich ist ihr Sohn und 18, also im richtigen Alter für unsere Verdächtigung. Ich habe geflunkert, ich wolle ihm geliehenes Geld zurückgeben. Er ist nämlich nicht da, sondern mißt im Schrebergarten nach, ob Baumpfähle und Bohnenstangen während des Winters geschrumpft sind. Hinter-dem-Bahndamm. Wir kennen die Ecke."

Sie fuhren los.

„Enorm, was wir an Sprit verbrauchen", sagte Locke. „Und niemand ersetzt uns das. Es kommt teuer, wenn man den Unternehmungsgeist voll drauf hat. Nachher werden wir mal im Krankenhaus anrufen. Wie's der Omi geht. Ihr geht's gut. Ich weiß. Aber sie muß merken, daß man sich um sie kümmert."

Eine Frühlingsbrise fauchte von vorn heran.

Locke mußte ihren Hut festhalten. Aber die langen Haare wehten. Damit hatte der Wind seinen Spaß.

Sie ließen die Stadt hinter sich. Zwischen den Häusern wurde es still.

Sie sahen die Gleise. Eben schlossen sich die Schranken, und ein endloser Güterzug klirrte und rumpelte vorbei. Offene Wagen hatten Kies geladen, Stückgutwagen – Kisten, wie man durch die Fenster sah. Auf einem Spezialflachwagen wurde ein fabrikneuer Lastzug überführt, auf dem Doppelstockwagen für Autotransport standen, festgekeilt, 18 neue BMW. Ob der Universalkühlwagen Milch enthielt oder giftige Industrieabfälle, war nicht ersichtlich. In einem runden Kesselwagen – der ganz hinten mitratterte – hatte sich mal, wie Locke von Gunter wußte – ein blinder Passagier bzw. Schwarzfahrer versteckt und auf solche Weise Europa durchquert – von Kopenhagen bis Lissabon.

„Hierbei kriege ich immer Fernweh", sagte sie.

Tom deutete auf einen Jumbo-Jet, der östlich der Stadt in die Wolken stieg.

„Ich krieg's dabei."

Die Schranken öffneten sich.

Sie brauchten nicht mehr weit zu rollern.

Vor einem der Schrebergärten parkte ein roter Ford – und das Nummernschild wies als Endziffern auf: 148.

„Locke! Mir steht ein Nilpferd auf dem Hühnerauge. Will sagen: Bin verblüfft. Weiterfahren! Nicht rumgucken! Das ist nämlich die Karre der beiden Irren, die Mütterchen nächtens an der Kreuzung geschnitten haben. Und dabei den Leuchtpfahl vernichteten."

„Aha!"

Im Schatten der Hutkrempe schielte sie nach rechts und nach links. Niemand war zu sehen. Nirgendwo stieg Rauch auf. Kein Radio dudelte. Kein Hund bellte.

Sie fuhren Hinter-dem-Bahndamm hinab. Eine Kurve nahm sie auf. Sie wurde rechts von hoher Buchsbaumhecke begleitet. Im toten Winkel dahinter konnten sie halten.

„Roderich Schackl", sagte Tom, „muß in der erdnußbraunen Laube sein."

„Und warum sind wir so vorsichtig?" Sie rückte ihren Hut zurecht. „Soll er doch ruhig merken, daß wir uns für seinen Wagen interessieren. Ich gucke jetzt rein."

„Warte noch. Ich habe eine Idee. Vielleicht hat er frische Ziegelsteine im Garten. Sie könnten im Geräteschuppen liegen. Das will ich erst mal erkunden."

„Aber weshalb so heimlich?"

„Du hast den Typ nicht gesehen – den Blonden mit den Hauern. Ist ein Handlanger. Kein Anstifter. Der und der andere hätten den Ziegelstein-Anschlag nie und nimmer auf eigene Kappe gemacht. Deshalb, Schatzi, könnte es klug sein, wenn wir nicht sofort zugreifen, sondern Roderich und seinen Kumpel beobachten. Damit sie uns hinführen – zum Anstifter, zum großen Unbekannten."

„Bist ein Schläuling, Tom. Nun erkunde mal. Ich bewache deinen Hirsch."

Tom stellte ihn an die Hecke.

„Aber wenn's mir zu langweilig wird", fügte sie hinzu, „schlendere ich ganz harmlos zum Wagen – und dran vorbei. Doch mit Späherblick werde ich den Inhalt erfassen – besonders etwaigen Ziegelstaub."

„Bis du schlenderst", grinste er, „bin ich längst zurück."

Er lief zum Ende der Hecke, flankte über einen Zaun, rannte geduckt durch einen Schrebergarten, achtete darauf, nichts zu zertrampeln, und mußte vier weitere Zäune überwinden, bis er die Schacklsche Grünoase erreichte.

Er pirschte zur Rückwand des Geräteschuppens. Kein Fenster. Aber fingerbreite Ritze trennten die Bretter.

Er spähte hindurch. Dämmerung.

Ein Brett hing so locker, daß es ihm entgegenfiel, als er daran rührte. Jetzt reichte die Öffnung. Er linste in den Schuppen.

Der enthielt Bretter, alte Holzmöbel und Gartengeräte: Spaten, Metallbesen, Rechen, Häufelhacke, Kombihacke, Sichel, Asthippe, Pflanzkelle, Spargelmesser, Baumschere und Jätekralle. Neben morschen Bohlen an der Seite stapelten sich – brandfrische Ziegelsteine. Etwa zwei Dutzend.

Und jetzt sehen wir gut aus, dachte Tom. Langer Mühe köstlicher Lohn.

Ein Motor keuchte. Ratternd nahte ein Wagen.

Er kam von den Gleisen her und hielt – genau vor dem Schrebergarten.

Tom spähte um die hintere Ecke des Schuppens.

Tatsächlich! Ein alter VW-Bus hielt vor dem Ford.

Sonne spiegelte sich in den Scheiben, weshalb er nicht erkennen konnte, wer drinsaß.

Doch jetzt stiegen sie aus: ein junger Typ mit knochigem Gesicht und ein Mann, der entweder eine Hungerkur oder eine schwere Operation hinter sich hatte – wahrscheinlich beides.

Sie schienen sich zu amüsieren, lachten, waren ein Herz und eine Seele, kamen in den Garten und gingen am Geräteschuppen vorbei.

„... das haut Roderich um, Vater“, sagte der Jüngere. „Ich kann's selbst noch nicht fassen. Irre! Einfach irre! Der Zufall des Jahres. Und wie Mutter sich freut. Mußt du verstehen, Vater, daß sie damals die Nase voll hatte – und nichts mehr von dir wissen wollte.“

„Waren harte Jahre“, sagte der Mann. „Aber Schwamm drüber! Ist schon vergessen.“

Hört sich an wie eine Familientragödie, dachte Tom. Er luchste um die andere Ecke und sah, wie der Sohn die Laube aufschloß.

„Roderich!“ rief er. „Wirst es nicht glauben. Er ist mein Vater. Echt! Mutter hat ihn erkannt – und er sie. Nach 19 Jahren. Kommt frisch aus dem Knast. Ist ein Profi der Spitzenklasse. Jetzt machen wir große Sachen und nicht mehr klein-klein. Außerdem ...“

Sie verschwanden in der Laube, und der Profi der Spitzenklasse schloß die Tür hinter sich.

Ich schnall ab, dachte Tom. Nicht nur die Spur ist höllenheiß. Auch ein Spitzen-Profi aus dem Knast mischt mit. Große Sachen? Was meint der frohe Sohn? Wollen sie künftig mit Felsen werfen statt mit Ziegelsteinen?

Er maß die Entfernung zur Laube.

Mit acht Riesensprüngen konnte er's schaffen. Aber es war total freies Gelände – sieht man mal ab von knöchelhohem Unkraut und einigen verfaulten Kohlköpfen des Vorjahres.

Wenn er Pech hatte und sie gerade in dem Moment die Laube verließen, war alles verpatzt.

Er zögerte.

Locke zögerte nicht.

Natürlich hatte sie die Ankunft der beiden beobachtet. Jetzt schnupperte sie reine Luft – und schien sich zu langweilen.

Jedenfalls schlenderte sie auf ihren langen Beinen hinter der Buchsbaumhecke hervor und ganz zufällig zu dem Ford.

Die Laubentür öffnete sich.

„... nichts für ungut, Roderich", sagte der Spitzenganove. „War nicht persönlich gemeint. Aber wer setzt gern 820000 Mark auf die Verlustliste."

Er trat in den Sonnenschein, kaum daß Tom Zeit hatte, sich über die enorme Summe zu wundern.

Der Sohn folgte – und auch Roderich, der etwas unbeholfen stakte, als wären ihm die Füße eingeschlafen. Vielleicht hatte er sich in die Hose gemacht. Jedenfalls schlurfte er knickbeinig, und die helle Freude stand ihm noch nicht im Gesicht.

Tom erkannte ihn sofort. Der irre Raser von heute nacht.

Plötzlich verharrten Roderich und der Sohn.

Mit gestreckten Hälsen glotzten sie zur Straße.

Toms Blick folgte.

Nicht doch! hätte er am liebsten gebrüllt.

Locke stand am roten Ford, wandte ihnen allen den Rücken zu und preßte offenbar die Nase an die hintere Seitenscheibe.

An der Dachkante bog sich die Hutkrempe nach oben. Locke stützte die Hände auf und schien fasziniert zu sein von einer Entdeckung. Wichtig mußte es sein. So wichtig, daß sie für diesen Augenblick alle Vorsicht vergaß.

Weiß schon, wußte Tom. Meine Süße sieht Ziegelstaub. Was zu beweisen war. Aber mit der Erkenntnis, zum Laubenpieper!, wollen wir doch sparsam umgehen!

„Heh!“ zischte der Sohn. „Was macht denn die Tussi an deiner Rakete, Roderich?“

„Kennt ihr die?“ fragte der Spitzenganove.

„Weiß nicht“, grunzte Roderich. „Man sieht ja nur Hut und Beine. Aber die werde ich gleich schütteln – die neugierige Schwalbe.“

Die drei setzten böse Mienen auf. Mit schweren Schultern eierten sie zur Pforte.

Kaum daß sie am Geräteschuppen vorbei waren, trat Tom den Rückzug an – auf derselben Spur, die er herwärts gelegt hatte. Aber mit dreifacher Geschwindigkeit. Denn sein Weg war länger als der des Trios und Locke in Gefahr. Freilich sollten/durften die Typen nicht merken, daß sie hautnah beschattet wurden.

Noch eine Flanke über den letzten Zaun – jetzt war er hinter der Hecke, wo Hirsch und Hirschkalb parkten.

Im selben Moment hörte er Lockes Stimme.

„Was fällt Ihnen ein! Loslassen, Sie blöder Affe! Sie tun mir weh.“

20. Machenschaften

Knaukes Frühstückszimmer konnte sich sehen lassen. Was gut und teuer war – an Möbeln –, füllte den Raum.

Sie saßen zu dritt am Tisch: Generaldirektor Knauke, Ehefrau Johanna – die als ehemalige Bardame in dunkle Geschäfte verwickelt war und einstens Plinsel hieß, sowie Adolf Biedermann.

M. A. von Basenstein hatte gerade das Frühstück serviert: wachsweiche Eier mit Kaviar, lauwarmen Prager Schinken, Gänseleber, Crème des fromage, Champagner und Espresso.

Hörbar lief dem Taxi-Unternehmer das Wasser im Mund zusammen. Aber hier und jetzt fühlte er sich als Stadtabgeordneter. Und der hatte Anspruch auf ein Frühstück wie dieses – eher jedenfalls als der Eigner und Chef von 23 Taxis.

Der Diener-Chauffeur rückte noch etwas Silber zurecht, schob etwas Meißner Porzellan an den richtigen Platz – dann scheuchte ihn die Hausherrin mit einer Geste hinaus.

„Tja“, sagte Knauke, „dann wollen wir mal.“

Verfressen nahm er die erste Mundfüllung auf.

Sie mampften schweigend, bis die erste Gier gestillt war.

„Tja“, sagte Knauke, „Sie müssen sich mal wieder um die deutsche Wirtschaft verdient machen, lieber Biedermann. Es geht um was Heikles.“

Johanna wischte das Buttermesser an einem Stück Toast ab. Bei den Plinsels war das üblich gewesen, und sie machte es immer noch.

„Sie wissen doch, Herr Knauke“, sagte Biedermann, „was ich für Sie tun kann, wird erledigt.“

„Sie müssen im Stadtparlament Ihren ganzen Einfluß geltend machen. Müssen Sie! Wird wahrscheinlich eine harte Nuß. Aber Sie werden schon genug Parteifreunde zusammentrommeln, um die Sache zu verhindern.“

Biedermann nickte und nahm zum drittenmal vom Prager Schinken.

Eigentlich mochte er nichts, was aus dem östlichen Europa kam. Aber der Schinken – nun ja, der hieß ja nur so.

„Was verhindern, Herr Knauke?"

„Sie haben schon gehört von dem Kirchhausen-Projekt?"

„Kirchhausen?" fragte Johanna dazwischen. „Meinst du das Kaff an der neuen Schnellstraße?"

Knauke nickte. „Jetzt liegt es noch acht Kilometer vor den Toren der Stadt. Aber eines Tages wird's eingemeindet – wenn sich unser Ballungsgebiet noch mehr ballt, was unvermeidlich kommt. Nun, Biedermann, was wissen Sie vom Kirchhausen-Projekt?"

Der Stadtrat schluckte einen großen Brocken, den er noch dreimal hätte kauen müssen, färbte sich krebsrot und vermied knapp einen Hustenanfall.

„Die Stadt will dort bauen. Auf den Odehlwiesen. Ein ganzes Sportzentrum soll entstehen. Mit einem Jugendheim, an das später eine Jugendherberge angegliedert wird."

„Richtig."

Johanna hatte ein paar Kaviar-Körner am Finger. Sie merkte es nicht und griff sich ins Haar, nachdenklich.

In den apfelsinenfarbenen Schläfenlocken blieben sie hängen, die dunkelgrauen Meeresfrüchte. Die Farben paßten zwar zusammen. Aber es sah trotzdem nicht gut aus.

„Das Bauvorhaben", sagte Knauke, „muß verhindert werden. Sonst sitze ich auf Grundeis und kann ekligen Ärger kriegen."

Biedermann verstand nicht. Er glotzte.

Was hatte der Exethop-Oberste mit dem Sportzentrum in Kirchhausen am Hut?

„Ist noch nicht lange her", schob Knauke die Erklärung nach, „da hatte eines unserer Zweigwerke gewisse Abfälle. Was halt so anfällt, wenn man ... äh ... kostengünstig herstellen will. Sagen wir's ruhig. Es war Giftmüll. Wohin damit? Wir hatten damals die Odehlwiesen als Lagergelände gepachtet. Jedenfalls sind die Abfälle dort im Boden geblieben. In Fässern

und anderen Behältern. Sehr tief liegt das Zeug nicht. Bei Erdarbeiten würde man darauf stoßen – und ich, da beißt die Maus keinen Faden ab, bin verantwortlich für diese Endlagerung."

„Oh!" meinte Biedermann.

„Laß doch die Fässer rausholen und woanders verbuddeln", wußte Johanna Rat.

„Wie stellst du dir das vor?" pfiff ihr Gemahl sie an. „Es sind hunderte – viele sicherlich schon durchgerostet. Eine Kuh, die dort weidet, wäre verreckt, bevor sie den Stall erreicht. Zum Glück sind die Wiesen nur Brachgelände, wo Kinder Fußball spielen. Nee, meine Liebe. Ich hätte den schönsten Umweltskandal am Hals. Vorläufig darf dort überhaupt nichts passieren. Und dann sehen wir weiter."

Biedermann würgte. So lecker das Frühstück war – sein Magen wollte nichts mehr. Sah sich doch der Stadtrat vor einer Aufgabe, der er nicht gewachsen war. Aber durfte er zugeben, daß sein Einfluß nicht ausreichte?

„Biedermann, Sie haben verstanden."

„Habe ich."

„Jetzt trinken wir Champagner – darauf, daß die Odehlwiesen Odehlwiesen bleiben."

Knauke selbst öffnete die Flasche. Der Korken knallte. Champagner schäumte. Sie prosteten sich zu.

„So", sagte Knauke. „Satt sind wir. Jetzt, Biedermann, fahren Sie raus nach Kirchhausen. Sehen Sie sich das Gelände an. Lassen Sie sich was einfallen. Finden Sie einen Grund, damit auf dem Grund dort ... hähäh ... nichts angerührt wird."

Er schob seinen Stuhl zurück, stützte die Hände auf die Tischplatte und stand auf.

Aussichtslos! dachte Biedermann. Verhindern kann ich das nie. Der Skandal findet statt, und Knauke wird sich wundern. Aber versuchen muß ich's. Zuviel Spendengeld habe ich von ihm schon genommen – zum persönlichen Bedarf. Jetzt kann ich ihn nicht hängenlassen. Aber warum, verdammt, überschätzt der mich so? Bin ich der Oberbürgermeister?

21. „Schieß ihn ins Bein!“

Tom spurtete nicht, nein, er schnellte hinter der Hecke hervor und auf die Gruppe zu: Blitzgeschwindigkeit.

Was er sah, rührte jenen Teil in seinem Gemüt an, wo für Spaß kein Platz ist.

Der grobknochige Sohntyp schien keine Ahnung zu haben, wie man ein hübsches Mädchen behandelt.

Vielleicht wollte er sich auch nur dicktun vor Papa, dem Spitzenganoven, und Roderich, dem Kumpel.

Jedenfalls hatte er Locke hinterrücks gepackt und herumgerissen. Ihr Hut lag am Boden. Eine derbe Faust griff in ihre Prachtmähne, riß daran, als wollte er sie ohne Messer skalpieren.

„Was hast du an unserem Schlitten zu suchen?“ schrie er dabei. „Wolltest die Tür aufmachen, ja! Wolltest klauen, was?“

Die beiden andern standen dabei. Vermutlich grinsten sie.

Aber das sah Tom nicht. Sie wandten ihm den Rücken zu. Daß er nahte, merkten sie nicht.

Als sie seine Schritte hörten, war's schon zu spät.

Er schlug zwischen sie ein wie ein Geschoß. Immerhin standen sie im Wege. Roderich flog gegen den Zaun. Der Spitzenganove taumelte über die Fahrbahn.

„Was ...“

Lockes Peiniger drehte sich um. Vermutlich sah er noch, daß eine Faust auf ihn zukam: eine Karate-Faust mit viel Hornhaut vom harten Training.

Volltreffer auf die Stirn.

Der Rohling trudelte am Wagen entlang, zog nach rechts ums Heck herum und lag auch schon lang.

„Der spinnt!“ rief Locke. „Komme hier harmlos vorbei, und dieser Kerl rastet aus. Und seine Kumpane grinsen sich eins.“

„Die erleben was!“

Locke war unverletzt. Das sah er. Also wandte er sich Roderich zu, der sich an einer Latte des Gartenzauns hochzog.

Laß ihn los!

Krääääsch – brach die Latte. Und der Blonde fiel auf die Kehrseite, aber nur aus geringer Höhe.

Tom packte ihn am Kragen. Roderich wurde hochgerissen.

„Laß ihn los!“ befahl der Oberganove in diesem Moment.

Es klang ruhig – gefährlich ruhig.

Locke ließ einen Haaach-Atem über die Perlenzähne raus.

Tom drehte das Kinn auf die Schulter und blickte langsam hinter sich.

Das gab's doch nicht! Grätschbeinig stand der Mann auf der Straße. Sonnenlicht schimmerte auf dem brünierten Metall der Pistole. Sie war auf Tom gerichtet, und in dem Schwindsuchtgesicht stand eiskalte Entschlossenheit.

Tom ließ Roderich los.

Der schwamm schon auf Oberwasser und nutzte die Gelegenheit. Heimtückisch schlug er zu, schlug tief.

Tom – obwohl abgewandt – spürte die Bewegung und spannte die Bauchmuskeln an.

Roderich schlug gegen ein Eichenbrett. Null Wirkung. Daß es weh tat, ließ Tom sich nicht anmerken. Doch ihm zuckten die Arme.

„Keine Bewegung!“ schrie der Alte. „Ich schieß dich in den Hintern. Und das ist glasklar Notwehr.“

Es war ernstgemeint. Langsam wandte sich Tom von Roderich ab.

„Sind Sie übergeschnappt?“ rief Locke. „Wo sind wir denn hier? Ist die Pistole echt? Oder nur ein Zigarettenanzünder?“

Toms K.-o.-Opfer kam hinter dem Wagen hervor. Aber das schaffte der Ganovensohn nur, indem er sich mit den Händen abstützte. Käsig sah er aus im knochigen Gesicht, und der Blick war noch rundherum glasig.

„Schieß ihn ins Bein, Vater! Ordentlich! Er hat mich geschlagen, der Mistbock.“

Die rasten aus, dachte Tom. Einer gefährlicher als der andere. Jetzt am besten 'nen Abflug. Jedenfalls muß Locke hier weg.

„Mein Hut!“ rief sie. Es klang wie ein Schluchzen. „Irgendwer hat draufrum getreten. Sieh dir das an, Tom! Das ist schon der zweite Verlust.“

In der Tat sah der Hut kaum noch aus wie ein solcher. Die halbe Krempe war abgetrennt.

„Jetzt bitte ich aber um eine Erklärung“, sagte sie. „Ohne an Böses zu denken, spaziere ich hier. Und weil ich mich brennend für Autos interessiere – besonders für den innenarchitektonischen Teil; ich meine: für die Polster –, linse ich also hinein. Das war alles, Tom. Denn während ich noch linse, prallen die drei hinterrücks an mich ran. Und haben gleich die Roheit rausgelassen wie Kannibalen. Na, du hast es ja gesehen.“

Der Altganove schob seine Pistole in die Tasche, ließ aber die Hand dort versenkt.

Er war sehr um ein Grinsen bemüht, zumindest konnte man die Grimasse so deuten.

„Ich glaube“, meinte er einlenkend, „es liegt ein gigantisches Mißverständnis vor. Wir hielten sie für eine Diebin. Der Wagen ist nicht abgeschlossen. Und im Handschuhfach ... äh ... liegen unsere Brieftaschen. Deshalb verlor mein Sohn die Beherrschung. Ich glaube, Friedhelm“, sprach er zu ihm, „du entschuldigst dich. Und dann, Tom – oder wie Sie heißen –, entschuldigen Sie sich. Und das Wochenende ist gerettet.“

Friedhelm starrte zu Boden. Seine Muffelmiene war sauer.

„Friedhelm!“

„Also gut!“ Aus den Augenwinkeln schielte er Locke an. Fast verschämt wirkte es. „Tut mir leid. War nicht so gemeint. Nehmen Sie’s leicht.“

Locke nickte knapp. Sie bemühte sich, kühl zu blicken, was ihren Glutaugen schwerfiel.

„Hiermit“, sagte Tom, „schließe ich mich den Worten meines Vorredners an. Tut mir leid. War nicht so gemeint. Nehmen Sie’s leicht, Sportsfreund, denn ich kann noch schwerer hinlangen.“

Er legte den Arm um Locke und zog sie weg.

„Den Hut, Fräulein, können wir Ihnen nicht ersetzen“, rief Friedhelms Vater ihnen nach, „weil’s ihr Freund war, der ihn unter den Füßen hatte.“

Sie winkte ab, ohne sich umzudrehen.

Außer Hörweite flüsterte sie: „Tom! Du glaubst es nicht. Die sind’s! Sie sind es! Mich weht’s um.“

„Klar sind sie das. Ich habe im Geräteschuppen Ziegelstei...“

„Das meine ich nicht. Ziegelsteine? Richtig. Das auch. War ja der Grund, weshalb ich fast in den Wagen gekrochen bin. Dort liegt nämlich ein halber – ein halber Ziegelstein. War wohl als Ersatz gedacht – falls sie mit dem ersten unser Blumenfenster verfehlen. Uiiih! Da sind wir ja voll ins Wespennest gestoßen. Denn, Tom, trotz Pappnasen und Perücken – ich habe die beiden erkannt.“

„Moment mal!“ Er blieb stehen.

Sie waren jetzt hinter der Hecke und damit den Trio-Blicken entzogen. Ihre Verblüffung konnten sie nun offen zeigen.

„Du meinst doch nicht die Unheimlichen, Locke?“

„Wen denn sonst? Natürlich meine ich die. Und sie werden mir zum Alptraum. Abends Überfall und Schikane. Sie rauben mir zwölf Mark und ritzen mich mit dem Messer. Nachts werfen sie den Ziegelstein durch unser Fenster. Und jetzt werde ich an den Haaren gerissen – nur weil ich in ihr Auto gucke. Weil sie die Unheimlichen sind – deshalb diese völlig überzogene Reaktion *(Gegenwirkung, Antwort)* der beiden. Besonders bei Feuermal. Ja, dieser Friedhelm ist Feuermal. Und natürlich hat er mich erkannt. Erschrocken hat er sich. Und sofort ging er zum Angriff über – weil er fürchtet, ich hätte ihn erkannt. Bei dem andern – dem Blonden – bin ich mir nicht sicher, ob das der Schrilltyp ist. Könnte sein. Oder? Ich weiß nicht. Aber Friedhelm ist Feuermal. Das kann ich beschwören.“

„Pst!“

Lockes Temperament steigerte auch den Umfang der Stimme.

Bei ihren Fahrzeugen blieben sie stehen.

Tom grub sich Grübelfalten in die Stirn.

„Ich unterstelle, Schatzi, daß du richtig liegst. Das heißt, wir sind fast am Ziel. Nur den Zusammenhang raffe ich nicht. Die Unheimlichen berauben dich. Kurz danach erfolgt durch sie der Ziegelstein-Anschlag auf euch. Dir galt das nicht."

„Hm. Wieso nicht?"

„An dir hatten sie ihre Schlechtigkeit schon ausgelassen. Der Anschlag richtete sich eindeutig gegen Gunter. Ist er ihnen mal auf die Zehen gestiegen?"

„Nicht so, daß es wehtut. Er veröffentlicht nur die Meldungen über die Untaten der Unheimlichen."

„Das schlucken die doch wie Öl. Es trägt bei zu ihrer traurigen Berühmtheit."

„Du meinst, Tom, deshalb werfen sie ihm nicht die Scheiben ein. Eher würden sie ihn einladen zu Schnaps und Bier – wenn sie könnten."

„Genau."

„Dann steh ich voll auf deinem Gedanken von vorhin. Diese Typen sind Handlanger, aber keine Anstifter. Zum Straßenraub reicht's. Das kann ja jeder, wenn er roh und blöd genug ist. Aber sie würden niemals aus eigenem Antrieb die Presse angreifen. Nie! Gunter hat bessere Feinde. Also haben die Unheimlichen einen Auftraggeber. Der ist es, der meinem Papi übel will."

„Völlig richtig. Wie gut also, Schatzi, daß wir uns nicht zu erkennen geben. Wenn wir die Typen beschatten, stoßen wir auf den Auftraggeber. So sehe ich unseren Weg."

Sie lächelte. Anerkennend tätschelte sie ihm die Wange.

Er schnappte nach ihren Fingern wie ein Hund nach dem Knochen.

Sie war flinker und zog die Hand zurück, hielt aber still, als er sie auf die Nasenspitze küßte.

Für einen Moment hielten sie sich umschlungen.

Dann störte Motorradlärm die zärtliche Stimmung.

„Sie verduften", sagte Locke in Toms Pulloverschulter. „Beschatten wir die Typen? Oder wie siehst du unseren Weg?"

„Dein Mofa ist zu langsam. Aber ich bleibe dran am Feind. Wenn wir uns aus den Augen verlieren, treffen wir uns nachher bei euch."

Als er hervorspähte hinter der Buchsbaumhecke, rollte der rote Ford über die Gleise, besetzt mit Roderich und Friedhelms Vater.

Friedhelm folgte mit dem alten VW-Bus.

Tom wartete, bis sie hinter dem Bahndamm verschwanden.

„Tschüs, Schatzi!"

„In deinen starken Armen, Engelbert, ist mir gerade eben eingefallen, daß es unverantwortlich von uns wäre – der Menschheit gegenüber und besonders den Bewohnern unserer Stadt –, wenn wir diesen Schwindsucht-Ganoven mit seiner Schwerbewaffnung frei rumlaufen ließen. Unverantwortlich – wo doch alle Welt nach Abrüstung strebt und ..."

„Richtig. Aber ich muß mich beeilen. Besülzen wir später, Schatz!"

Er semmelte los mit seinem getunten *(motorisch hochfrisierten)* Hirsch.

Selbstverständlich durfte er nicht auffallen, also nicht zu nah ran.

In den verkehrsarmen Randbezirken machte das Schwierigkeiten.

Je innenstädtischer es wurde, um so dichter konnte er aufrücken.

Andere Fahrzeuge füllten den Abstand zwischen ihnen.

Ford und VW-Bus blieben beisammen.

Sie durchquerten ein hübsches Stück der Stadt, und Tom hatte keinen Schimmer, wohin es ging.

Wieder wurden die Straßen ruhiger, und er bückte sich tief über den Lenker, um im Rückspiegel möglichst unscheinbar zu wirken.

Dann erreichen die Ganoven ihr Ziel.

Entlang der Mauer des Heimgang-Friedhofs parkten zahlreiche Pkw.

Einem bedeutenden Mitbürger wurde die letzte Ehre erwiesen. Soeben krachten Böllerschüsse über dem offnen Grab.

Das war fern hinter den Ulmen. Aber die Sperlinge auf der Friedhofsmauer erschraken und flogen auf.

Ford und VW-Bus hielten nahe dem Eingang.

Tom kurvte über den Gehsteig hinter das Telefonhäuschen vor einer Grünanlage und nahm volle Deckung.

Er stellte den Motor ab und beobachtete, wie die drei ausstiegen.

Sie marschierten durch den Eingang.

Etwa als Trauergäste?

Friedhelm und Roderich kasperten, indem sie sich gegenseitig mit vermeintlichen Karate-Kicks *(Tritten)* angriffen. Und ziemlich albern herumsprangen.

Außerdem trugen alle poppige Frühjahrsklamotten und das vorgeschriebene Trauer-Schwarz allenfalls unter den Fingernägeln.

Die besuchen kein Grab und wollen zu keiner Bestattung, dachte Tom. Sondern?

Er spurtete zur Mauer.

Eine Steinwurfweite vom Eingang entfernt stieg er hinüber.

Die Sperlinge flogen abermals auf.

Ein Wagen fuhr vorbei. Der Fahrer und die Frau neben ihm schauten her. Klar, daß sie sich wunderten. Aber ein kluger Mann hat mal gesagt – daß dumm ist, wer sich über irgendwas wundert auf dieser Welt.

Die beiden wußten das und fuhren weiter.

Tom landete hinter dichten Büschen.

Weiterpirschend vermied er, seine Fußtapfen auf frischen Grabhügeln oder alten Gräbern zu hinterlassen.

Wohin hatte sich das Trio gewandt? Nach rechts, geradeaus oder hierher?

Er hörte ihre Stimmen. Man kam. Friedhelm lachte. Sie

schienen in bester Stimmung zu sein, was nicht unbedingt typisch ist für diesen Ort.

Tom duckte sich hinter den granitenen Doppelstein eines Familiengrabes.

Der asphaltierte Weg führte spucknah vorbei.

Und zwar zur Kapelle.

Tom entsann sich. Er war als kleiner Junge schon hier gewe-

sen – mit Helga, als sich ein entfernter Verwandter für immer verabschiedet hatte.

„... echt, Vater“, sagte Friedhelm gerade, „mußt ihn kennenlernen, unseren Kumpel. Wir sind nämlich zu dritt. Roderich, Otto und ich. Und mit dir sind wir zu viert.“

„Dann fahren wir doch hin zu ihm“, meinte der Spitzenganove. „Sonst müssen wir alles zweimal bequatschen.“

„Klar. Gleich, wenn wir hier fertig sind.“

„Geht nicht“, schaltete sich Roderich ein. „Hast du’s vergessen? Otto ist doch heute morgen nach Kirchhausen gebrettert. Er hat dort ’ne Tussi. Adelheid – oder so. Mit dem Knacksfuß lahmt er zwar. Aber für Adelheid reicht’s. Er will ja nicht mit ihr tanzen. Hahahah! Und außerdem wird er dort – in Kirchhausen bald malochen *(schuften)*.“

„Wie denn das?“ forschte der Altganove.

Die Stimmen entfernten sich.

Tom schlich mit – hinter den Büschen entlang der Mauer. Kein Wort ließ er sich entgehen.

„Da soll ein Sportzentrum gebaut werden“, wußte Roderich. „Otto ist Bauarbeiter. Und seine Firma kriegt wahrscheinlich den Zuschlag *(Auftrag)*. Dann muß er ranklotzen, hah! Oder er überlegt sich’s – und macht bei denen nicht mehr, sondern nur noch bei uns mit.“

Jetzt blieben sie stehen.

„Da ist das Grab“, sagte Friedhelm. „Tatsächlich! Man kann die Inschrift noch lesen. Hier ruht ... Edmund Fels Poldi Graf Schongang-Tretzl. Geboren 1899, gestorben ...“

„Brauchst nicht alles vorzulesen“, unterbrach ihn Roderich. „Sehen wir lieber mal nach, ob schon Kohle in der Büchse ist. Eigentlich kann unser Chef – wir nennen ihn Chef, Herr Panutzke, obwohl wir keine Ahnung haben, wer’s ist – also, eigentlich kann der noch gar nicht wissen, daß wir zugeschlagen haben – bei diesem Rehm. Es sei denn, er kennt ihn und war zum Frühstück dort.“

Ihr Gesindel! dachte Tom – und hatte zu knabbern an seinem Grimm.

Er hockte hinter einer Blaufichte. Sie war nur mannshoch, hatte aber dichte Äste. Vorsichtig bog er sich einen Sichtspalt.

Das gräfliche Grab war ziemlich verwildert und lag abseits, zwar unweit der Kapelle, doch im Winkel des Friedhofs. Als toter Briefkasten, denn um den handelte es sich offensichtlich, war es gut gewählt.

Friedhelm quetschte sich hinter den Grabstein. Dort wuchs Efeu. Der Hedera helix, wie die immergrüne Kletterpflanze lateinisch heißt, hatte sich an zwei kräftigen Birken sonnenwärts gehangelt und einen dichten Verhau gebildet.

„Da ist sie!“ rief Friedhelm.

Er bückte sich und hielt dann triumphierend eine bedeckelte Blechschachtel in die Höhe.

„Was drin?“ forschte Roderich.

Friedhelm öffnete sie.

„Drei Hunderter! Der Chef hält Wort. Was sagt ihr nun? Und Ottos Brieftasche ist auch dabei. Wie versprochen. Leute, ich sehe eine ausbaufähige Unterstützung auf uns zukommen.“ Er senkte die Stimme. „Wenn wir pro Tag und zu dritt – oder zu viert – in der Stadt einen Überfall machen, wird er arm. Aber er will's so. Ist ein glasklar eindeutiger Auftrag. Er wird schon wissen, warum.“

Er stellte die Schachtel zurück und kam mit den Hunderten auf den Weg.

„Einen für mich und einen für dich, Roderich. Otto war nicht dabei. Den dritten Hunderter kriegst du, Vater. Warst zwar auch nicht dabei – aber was ich dir als Schmerzensgeld schulde, kann ich sowieso nie berappen.“

Roderich grapschte sich gleich seinen Schein.

Panutzke, der Spitzenganove, fühlte sich offenbar seiner Extra-Klasse verpflichtet.

Mit einer Geste, als lehne er das Bundesverdienstkreuz ab, meinte er: „Teilt ihn euch. Mir sind 820000 verfault – da tröstet der Lappen nicht.“

Tom nahm alles auf, was er hörte. Panutzkes letzte Bemerkung gab Rätsel auf. Interessant waren die Infos, die den unbekannten Chef betrafen. Also gab es tatsächlich einen Auftraggeber. Und dessen Anweisungen betrafen nicht nur den Anschlag auf Gunter, sondern den Terror allgemein.

Die drei sockten ab.

Auch Tom trat vorsichtig den Rückzug an.

22. Duftnote

Aussichtslos!

Schon nach dreiminütiger Verfolgung verlor Locke den Anschluß.

Sie sah noch, wie Tom in die Pfannenstiel-Allee bog.

Als sie – trotz Vollgas – die Ecke erreichte, war niemand mehr zu sehen.

Und an der nächsten Kreuzung standen mehrere Möglichkeiten offen: links, schräg links, geradeaus, halbrechts.

Sie seufzte, war ärgerlich und strich sich eine Flut brauner Haare aus dem Gesicht, denn der Wind kam von hinten.

Also heimwärts.

Sie fand ein leeres Vaterhaus vor.

Auf der Tafel, die hinter der Eingangtür hängt und familiären Mitteilungen dient, hatte Gunter vermerkt: Oma geht's gut. Bin im Pressehaus und später bei Helga. Mike kommt erst abends zurück. Komm zum Mittagessen zu Helga – oder geh wenigstens in den Bio-Grill.

Sie lächelte.

Mangels einer Mutter im Hause Rehm – denn jene Madeleine, die sowohl Mike als auch Locke zur Welt gebracht hatte, war nach der Scheidung von Gunter in ihre Pariser Heimat zurückgekehrt, schon vor Jahren – mangels Mutter also, sorgte sich Gunter um die Ernährung seiner Kinder.

Mit einem nahen Restaurant war vereinbart, daß sie dort – gegen Unterschrift – essen konnten.

Das war – neuerdings – der sogenannte Bio-Grill, den sich Locke erkoren hatte, weil es dort jeden grauste, wenn von tierischem Fleisch die Rede war. Zwar gab es herrliche Koteletts und Würstchen – alles gegrillt –, aber die sahen nur aus wie Koteletts und Würstchen, sie waren pflanzlichen Ursprungs und sehr schmackhaft.

Als Tierfreundin lehnte es Locke ab, daß ihretwegen ein Tier umgebracht, nämlich geschlachtet wurde.

Sattwerden, erklärte sie, kann man auch anders. Mindestens ebenso lecker und dazu noch gesünder. Und davon weiche ich nicht ab.

Mike Teilte diese Einstellung nicht ganz, hatte aber keine Chance, sich durchzusetzen, speiste also fortan ebenso vegetarisch *(fleischlos)*, mußte ehrlicherweise die Gerichte bewundern und schloß den Bio-Grill bald ins Herz – denn immerhin wurde dort Bier ausgeschenkt. Und biologisch angebauter Wein – was auch immer das war – sowieso.

Locke trat in den Wohnraum.

Papi macht sich Sorgen, dachte sie. Mittagessen. Wie unwichtig. Als hätte unsereins dafür Zeit, wo wir doch die Unheimlichen pfeilgerade im Visier haben.

Das neue Blumenfenster war eingebaut und noch blitzblank. An einigen Stellen der Scheibe klebten Papierreste. Aber zum Glück draußen. Mit der Zeit würde der Regen das abwaschen.

Sie sah nach Mausi. Der ging's gut. Der kleine Nager durfte turnen.

Als Toms Hirsch vor der Garage hielt, setzte Locke ihre Zimmergefährtin in den Käfig zurück.

„Hallo, beste Freundin."

Er küßte sie, als hätten sie sich seit einer Woche nicht gesehen.

„Du riechst nach Friedhof", sagte sie.

„Tatsächlich? Donnerwetter! Deine Nase. Fast so gut wie Nickis Schnüffelorgan. Stimmt nämlich. Ich war auf dem Heimgang-Friedhof."

Er berichtete, was er gehört und gesehen hatte.

„... und bin ihnen dann gefolgt. Bis zur Adresse einer gewissen Hannelore Panutzke. Ist anscheinend die geschiedene Ehemalige des Alten – und Friedhelm beider Sohn. Dort – Im Graben Nummer 17 – hocken sie jetzt."

„Mir weht's den Hut weg. Also ein unbekannter Chef steckt dahinter. Und daß ich ihnen begegnet bin, hat sie gar nicht beunruhigt?"

Mir
den Hut

„Nicht die Bohne, glaube ich. Jedenfalls warst du kein Thema – nicht, als ich mein Lauschohr in der Nähe hatte. Die sind überzeugt, daß ihre Maskerade perfekt ist – und du sie nicht erkannt hast."

Er schob ab ins Bad.

„Ich benutze mal Gunters Rasierwasser. Damit man mich nicht für 'nen Totengräber hält."

„Nimm nicht soviel. Papi läßt sich das immer von mir schenken. Und zur Zeit bin ich klamm."

„Bist du doch immer. Weil du ein Vermögen für deine Hüte ausgibst. Aber wir dürfen stinken, was?"

„Die Hüte sind nicht teuer – jedenfalls nicht wahnsinnig teuer. Gunter riecht immer frisch – und dich umschwebt der Geruch von dunkler Erde und Lebensbaum. Also krieg dich wieder ein! Himmel, wird das eine schwere Entscheidung!"

„Du weißt nicht, welchen Hut du nehmen sollst?"

„Ph! Weiß ich längst. Braunes Band paßt zum Samstag. Nein, ich meine: Wie machen wir jetzt weiter?"

Tom kam zurück. Er hatte einen schwachen Versuch unternommen, sich die Haare zu kämmen, und duftete gewaltig. Nicht mehr nach Erde und Lebensbaum, sondern nach ‚Ausgetrocknetem Wildwasser' – der neuen Duftnote für Selbstrasierer.

„Tja, wie machen wir weiter, Herzi?"

„Du sagst das wie einer, der nicht weiß, welches Programm er in der Glotze einstellen soll. Engelbert, es geht doch darum: Machen wir auf eigene Faust weiter, um den unbekannten Auftraggeber zu ermitteln? Oder enthüllen wir Kommissar Blank den Schatz unserer Informationen?"

„Wieso Kommissar Blank?"

„Er leitet die Ermittlungen. Ich kam doch gestern abend von Nicole, bevor sie mich in der U-Bahn überfielen. Sie sagte mir, daß ihr Vater den Fall kriegt, aber total überlastet ist. Wegen zig anderer Sachen. Als ich ihn dann später am Telefon sprach, hörte ich, daß er die *Unheimlichen* übernommen hat."

„Hm. Wir wissen, wer die Unheimlichen sind."

„Also müssen wir für ihre Festnahme sorgen."

„Andernfalls sind wir indirekt mitschuldig an den Verbrechen, die sie jetzt begehen."

„Leider kennen sie ihren Auftraggeber nicht."

„Und sobald der hört, Locke, daß sie einsitzen, wird er sich nicht mehr blicken lassen beim gräflichen Grab."

„Vergessen wir nicht: Dieser Panutzke ist bewaffnet."

„Mit seiner Pistole kann er sonstwas anstellen – das wolltest du doch sagen – vorhin, als ich zur Verfolgung starten mußte."

„Genau das wollte ich. Ein Spitzenganove, der bewaffnet ist, aber garantiert keinen Waffenschein hat. Wenn er bei den großen Sachen, die sie vorhaben, auf jemanden schießt – wer hat von der Möglichkeit gewußt? Wir."

Tom grinste. „Kommissar Blank wird sich freuen. Wir haben die Arbeit gemacht. Er kann ernten."

„Aber, Tom, irgendwie – zum Henkersknecht! – müssen wir den unbekannten, auftraggebenden Chef entlarven. Nicht nur, weil er offensichtlich die Unheimlichen zu ihren Untaten motiviert *(Antrieb geben)*, sondern vor allem wegen des Ziegelstein-Anschlags."

„Was das betrifft, muß Blank uns entgegenkommen. Sonst verweigern wir wichtige Infos. Gebongt?"

23. Ein ältliches Paar

Erst jetzt, nach 19 Jahren, hatten sie Gelegenheit, sich auszusprechen.

Hannelore und Paul Panutzke saßen sich am Küchentisch gegenüber. Etwas Verlegenheit war da, aber nur etwas. Feinfühligkeit war bei keinem ein Wesensmerkmal.

Friedhelm und Roderich hatten sich, versorgt mit mehreren Bierflaschen, in den Wohnraum gesetzt, wo sie in der Glotze einen Video-Film ansahen.

Er hieß ‚Das Massaker *(Gemetzel)* der Mastodonen *(urzeitliche Riesenelefanten)*', stand seit Jahren als jugendgefährdend auf der Verbotsliste und war unglaublich blöd.

Aber den beiden gefiel das Blutbad. Friedhelms Augen schimmerten sehnsüchtig, und seine Zähne knirschten wie Schritte im Kies – ohne daß er das merkte.

„Jaja", sagte Hannelore in der Küche, „als sie dich festnahmen, war ich sauer. Warst auch nicht sehr nett gewesen zu mir – in der Zeit davor. Ich wollte reinen Tisch machen. Scheidung. Zumal ich dann merkte, daß der Friedhelm unterwegs war. Der sollte nicht wissen, daß sein Vater im Knast sitzt. Später, als ich mit dem Jungen allein dastand, habe ich mein Verhalten bereut. War doch sehr übereilt gewesen. Aber man hat seinen Stolz. Deshalb habe ich in den langen Jahren – nur an dich gedacht."

„Und hast nicht gewußt", murmelte er, „daß dir 820000 deutsche Mark entgehen. Hättest du zu mir gehalten und gesagt, daß mein Sohn da ist – sofort wäre dir ein Kassiber zugegangen. Das Geld hättest du ausgebuddelt und – aber so ist alles verfault. Zum Totlachen! Bestimmt bist du zig mal rübergetrampelt. Es war da, das Eingemachte, und in den ersten Jahren noch frisch."

„Schicksal!" sagte sie und goß Kaffee in ihre Tasse.

„Kann ich hier wohnen, Hannelore?"

„Klar. Friedhelm ist begeistert von dir."

„Und du?"

„Ich bin froh, daß du da bist."

Er nickte, als hätte er nichts anderes erwartet.

Ob er für immer bleiben würde, das hatte er noch nicht entschieden. Aber im Moment behagte ihm die Lösung, und zusammen mit den Jungs ließ sich was anleiern.

„Friedhelm und seine Freunde", sagte er, „sind rührig. Aber sie verzetteln sich mit Kleinkram."

„Mir sagen sie nicht, was sie machen. Aber ich weiß es natürlich. Ich habe ja Ohren. Hoffentlich geht das immer gut. Die Polizei schläft nicht."

„Aber die Bullen sind auch nicht hellwach. Hinter Gittern habe ich dazugelernt. Daß sie mich damals erwischten, war Pech. Wird sich nicht wiederholen."

„Mir ist alles recht, wenn dadurch Geld ins Haus kommt. Den Leuten – den Mitmenschen fühle ich mich nicht verpflichtet. Keinem. Mir hat niemand geholfen. Und uns ging's zeitweilig dreckig."

Er leerte seine Tasse. Sie enthielt mehr Cognac als Kaffee.

Er sah Hannelore an. Sie erwiderte den Blick, aber zu einem Lächeln konnte sie sich nicht aufraffen.

Er erhob sich. Er kniff sie in die Wange, was scherzhaft sein sollte, ließ aber sofort wieder los. Ihm war, als hätte er Pergament zusammengedrückt.

„Du solltest was für deine Haut tun", meinte er. „Man darf sich nicht hängenlassen."

„Das sagst du?"

Er zuckte die Achseln und ging in den Wohnraum hinüber, wo der Massaker-Film gerade endete.

Während Friedhelm die Kassette aus dem Gerät nahm, ließ sich Panutzke auf die Couch fallen.

„Jungs, es wäre gut, wenn euer Otto herkäme. Ich möchte, daß wir unser Programm besprechen. Verstärkter Terror, gezielte Erpressungen, schwerpunktartige Überfälle – und feststellen müssen wir, wer euer sogenannter Chef ist, damit wir den fest in der Hand haben. Jeder von uns erhält bestimmte Aufgaben. Dazu müssen wir wissen, ob Otto mitmacht und wie wir ihn einsetzen. Also ruft ihn an. Er soll sich von seiner Freundin verabschieden und antanzen."

„Geht nicht", meinte Roderich. „Sie hat kein Telefon."

„Wo wohnt sie?"

„Kirchhausen. Dorfstraße 111."

„Ist nicht weit bis dorthin?"

„Mit dem Wagen ein Klacks."

Panutzke wandte sich an seinen Sohn. „Hol ihn her. Aber nimm Roderichs Wagen. Den VW-Bus vergessen wir zunächst. Wir vermeiden alles, womit wir auffallen. An einem verpaßten TÜV-Termin krallen sich die Bullen nämlich fest, als wäre der Staat in Gefahr."

Roderich warf Friedhelm die Schlüssel zu.

Panutzke lehnte sich zurück.

Hannelore kam herein und brachte eine Platte mit selbstgebackenem Kuchen.

Friedhelm nahm sich ein Stück im Hinausgehen.

Aus seinem Zimmer holte er die neue olivbraune Lederjacke, die er sich vom geraubten Geld zugelegt hatte.

Sie war ausgestattet mit Reißverschluß, aber beide Ärmelstulpen wurden mit dicken Lederknöpfen zusammengehalten. Sie waren halbkugelförmig und gemustert wie Schildkrötenpanzer.

Im Flurspiegel begeisterte er sich an seinem Anblick.

Er ging noch mal kurz in den Wohnraum, sagte, er fahre dann jetzt, und nahm noch ein Stück Kuchen.

24. Der Kommissar wird eingeschaltet

Im Blankschen Vorgarten hopsten Sperlinge. Futterneidische Amseln gingen mit Schnabelhieben aufeinander los.

Neben der Steintreppe, die zur Haustür führte, hatte Nicole Vogelfutter ausgestreut.

„Warum macht sie das?" meinte Tom, als er seinen Motorroller am Bordstein abstellte. „Der Winter ist längst vorbei. Die Gefiederten finden, was sie brauchen. Und sie dürfen die Selbstversorgung nicht verlernen."

„Habe ich ihr auch gesagt", nickte Locke. „Aber sie hatte noch drei Kilo Fettfutter übrig. Bis zum Einbruch des nächsten Winters wäre es ranzig geworden. Deshalb verfüttert sie's jetzt. Jeden Tag ein bißchen."

Sie klingelten. Nicole, das zarte Blondinchen, öffnete. Sofort strahlte sie.

„Du bist es, Locke. Und Tom. Kommt rein!"

„Wir tanzen an ohne Vorwarnung", nickte Locke. „Es geht auch in erster Linie um eine amtliche Unterredung mit deinem Vater. Ist er da?"

„Er ist oben. Ich hole ihn. Hättet ihr doch gesagt, daß ihr kommt! Jetzt habe ich meiner Tante angekündigt, daß ich in einer halben Stunde bei ihr bin. Zum Mittagessen. Sie freut sich. Ich fahre mit dem Rad nach Kirchhausen."

„Siehst startklar aus", meinte Tom. „Hübscher Anzug."

Nicole wurde rot bis weit unter die Korkenzieherlocken. Tom war nicht nur bei seiner Freundin beliebt. Bei allen Mädchen der Klasse galt er als bäriger Typ. Was ihn freilich wenig interessierte. Er war eingeschworen auf Locke wie ein Fan auf sein Idol.

Nicole trug einen roséfarbenen Anzug, der sich an die Jogging-Mode anlehnte. Zum Radfahren war er sicherlich geeignet. Ein Stirnband, weiß, schob die Locken nach oben. Lediglich die schwarzen Streifen an ihren Basketballschuhen paßten nicht ganz zu den Frühlingsfarben.

Sie rief ihren Vater.

Kommissar Blank war ein kantiger Enddreißiger mit hastigen Bewegungen. Er rauchte sehr stark, weshalb seine Haut ziemlich grau war. Er neigte zur Nervosität, war aber ein liebevoller Vater, der sich ständig Sorgen machte um sein einziges Kind. Nicoles Mutter war vor drei Jahren an Krebs gestorben.

Er nahm die Zigarette aus dem Mundwinkel, als er Locke und Tom begrüßte.

„Also", rief Nicole, „ich fahre jetzt zu Tante Frieda."

Sie verabschiedete sich und hüpfte hinaus.

Locke, Tom und Kommissar Blank ließen sich am Couchtisch nieder.

„Gewissermaßen", meinte Locke, „kommen wir als Informanten – was die Unheimlichen betrifft. Der Knackpunkt liegt nämlich so ..."

Staunend hörte Blank, was ihm berichtet wurde.

Gedanklich nagelte ihn das regelrecht fest. Er vergaß sogar seine Zigarette und hätte sich beinahe den Mundwinkel angesengt.

Als alles gesagt war, schüttelte er fassungslos den Kopf.

„Ihr werdet noch Ehrenmitglieder in der Polizei-Gewerkschaft – oder im Kriminalisten-Sportverein. Toll! Aber ich merke schon: Ihr wollt an den sogenannten Chef ran. Wie kriegen wir den? Überhaupt: Wie gehen wir vor?"

„Zugriff?" fragte Tom.

Blank schloß das linke Auge halb und wog im Geist die Infos ab, sozusagen auf der Briefwaage.

Was hatte Beweiskraft?

„Was ihr anliefert", sagte er, „besiegelt das Schicksal der Unheimlichen. Diese dreiköpfige Geißel wird uns nicht mehr lange bedrohen. Allerdings – um sie hinter Gitter zu bringen, fehlt der richtige Beweis. Die werden natürlich leugnen, die drei. Was Tom erlauscht hat, hat vor dem Haftrichter zu wenig Gewicht. Daß Locke in Friedhelm Panutzke den Feuermal-Typ erkannt hat, wird ein cleverer Anwalt ebenfalls anzweifeln.

Treten doch die Unheimlichen nur maskiert in Aktion. Deshalb kann ich auch nicht damit rechnen, daß die drei von anderen Opfern wiedererkannt werden."

„Verzwickt", meinte Locke. „Aber es stimmt. Was also ist zu tun?"

„Beschattung." Blank nickte zweimal, als wäre er verwundert über seinen genialen Einfall. „Ich stelle einige Leute ab. Im Wechsel werden sie die Typen beschatten. Sobald die den nächsten Überfall machen – zack! haben wir sie: ertappt auf frischer Tat."

Damit war das Pärchen einverstanden.

„Ähnlich verfahren wir", meinte Blank, „was den geheimnisvollen Chef betrifft. Und zwar so: Die Festnahme der Unheimlichen wird zunächst geheimgehalten. Aber die Presse teilt den neuesten Überfall mit. Dabei, Locke, kann uns dein Vater helfen. Der Chef ahnt also nichts. Daß er stets und ständig mit den Unheimlichen Kontakt aufnimmt, glaube ich nicht. Er wird sich aus der Zeitung informieren, wie umtriebig die Typen sind. Also begibt er sich zum gräflichen Grab, um im toten Briefkasten Geld zu hinterlegen. Dabei wird er uns auffällig."

Behördendeutsch, dachte Locke.

„Wie meinen Sie das?"

„Nun, ich kann nicht Tag und Nacht einen Kollegen auf den Friedhof postieren. Unsere Personalknappheit zwingt uns zu technischen Mitteln. Das heißt, wir bringen an der Friedhofsmauer eine versteckte, vollautomatische Kamera an – sowas ähnliches, wie es in Geldinstituten schon lange üblich ist. Die filmt das Grab und filmt und filmt. Irgendwann kommt der Kerl. Dann wird er auf Zelluloid gebannt. Entgehen kann er uns nicht."

„Stark", meinte Tom. „Zwar kein dramatisches Ende – aber immerhin so, wie's im wirklichen Leben nun mal ist. Das wäre es also."

Der Kommissar lächelte.

„Mittagszeit, Kinder! Selbst ein Kettenraucher wie ich hat bisweilen Hunger. Schräg gegenüber im Park-Café gibt's einen schmackigen Eintopf. Ich lade euch ein. Als Vorschuß auf das Dankschreiben vom Polizeipräsidenten."

„Dankschreiben? Du meine Güte!" Locke wedelte mit der Hutkrempe. „Aber beim Eintopf machen wir mit. Tom liebt Saubohnen über alles. Ich bin mehr für Nudeln."

25. Wegen frischem Frühlingsgrün

Friedhelm Panutzke schaltete das Autoradio an, während er über die Landstraße nach Kirchhausen fuhr. Heiße Musik füllte den Ford. Der Unheimliche wippte mit dem Fuß. Was sich auf die Fahrweise auswirkte. Der Wagen ruckte voran – sozusagen im Rhythmus.

Aber das störte niemand. Die Straße war leer.

Auch eine Schnellstraße führte in Richtung Kirchhausen. Vermutlich keuchte dort der Ausflugsverkehr in die grüne Region. Und den Spatzen auf den Feldern wurde übel vom Abgas.

Wald begleitete Friedhelms Straße zu beiden Seiten.

Ein Rastplatzschild wies mit geschnitztem Pfeil hinter Bäume.

Er hatte viel Bier getrunken – und beschloß, mal kurz zu pausieren. Im übrigen war er in galliger Stimmung.

Zwischen Haaransatz und Augen, wo Toms Faust ihn gestreichelt hatte, schmerzten Knochen, Haut und Fleisch. Ein bläulicher Bluterguß bildete sich. Schmusmanowsky, der blöde Nachbar, hatte schon gefragt, ob er mit einem Nashorn zusammengestoßen wäre.

Wut! Am liebsten würde er diesen Tom erschießen. Aber das hätte sicherlich Folgen. Also besser nicht! Aber beim nächsten Überfall – ja, da wollte er den Brutalen rauslassen. Eine Oma würde es leiden müssen – oder sonstwer –, daß er den Haß in sich staute.

Er fuhr auf den Parkplatz und hielt hinter einem Kleinauto. Grün war's. Und die Zulassungsnummer endete auf ... 48.

Freilich sah er das nicht. Ebensowenig konnte er wissen, daß der Wagen Susi Lipinsky gehörte – jener Studentin mit dem Ostia Antica-Stein, den Tom hatte schleppen müssen.

Susi hatte ihren Umzug beendet.

Schicksalhafterweise kam ihr der Gedanke, ihre neue Bude mit frischem Frühlingsgrün zu verschönern. Der Zufall zog an seinen unsichtbaren Fäden, und die junge Frau war jetzt hier.

Als Studentin mit magerem Geldbeutel holte sie die Frühlingszweige nicht im Blumenladen. Ein bißchen Naturfrevel durfte sein.

Sie stand hinter den Büschen, knickte Weidenkätzchen ab, dazu ein paar Fichtenzweige – dazu noch ein Ästchen vom Wacholder, eins vom Liguster, eins vom Kreuzdorn, eins vom Hartriegel.

Sie hörte nicht, daß sich ihr jemand hinterrücks näherte.

Einen Überfall auf die Schnelle – das bot sich buchstäblich an.

Friedhelm schlich. Er war nicht maskiert. Sehen durfte sie ihn also nicht. Das machte Härte erforderlich.

Schon streckte er die Hände nach ihr aus.

Dabei trat er auf einen Ast, der knackend zerbrach.

Susi wollte sich umdrehen.

Aber dazu kam sie nicht mehr.

Sie hatten nahrhaften Eintopf gespeist und sich gut miteinander unterhalten – nicht nur über die Unheimlichen und deren Terror.

Gemeinsam gingen sie zum Blankschen Haus zurück.

Locke mußte noch ihren Hut holen, der dort an der Garderobe hing – weil er im Park-Café beim Essen gestört hätte.

Zu dritt traten sie ins Haus.

Das Telefon klingelte.

„An dienstfreien Samstagen bin ich eigentlich nie da", meinte der Kommissar. „Aber das binde ich euch nicht auf die Nase. Also nehme ich den Hörer ab."

„Nicht unseretwegen", lachte Locke.

Doch er meldete sich.

„Hallo, Frieda", sagte er. „Wie? Doch ... Längst! Um ... jedenfalls müßte sie schon lange bei dir sein." Er atmete tief. „Du, das gefällt mir nicht. Ich mache mich sofort auf die Sokken. Ich fahre die Strecke ab und ... Ja, ich komme dann. Bis gleich."

Er legte auf. Sein Gesicht war erstarrt.

„Nicole ... ist noch nicht bei ihrer Tante?“ fragte Tom.

„Ist nicht angekommen.“

„Bitte, nehmen Sie uns im Wagen mit“, sagte Locke rasch. „Sechs Augen sehen dreimal soviel wie zwei. Und uns würde es nerven, wenn wir jetzt nichts tun könnten.“

Blank nickte, schlüpfte wieder in die Jacke und holte den Opel aus der Garage.

Mofa und Motorroller standen im Garten, was etwas mehr Sicherheit vor Dieben bot als der Bordsteinrand.

Sie fuhren los. Tom saß neben dem Kommissar. Dessen Mundwinkel zuckten. Er preßte die Lippen aufeinander.

Nach beklemmendem Schweigen meinte Locke: „Meistens ist der Grund für solche Verzögerungen harmlos. Und Nicole hat die umsichtige Vorsicht voll drauf.“

„Aber sie ist immer pünktlich, wenn sie zur Tante fährt.“

Blank fuhr schnell, etwas schneller als erlaubt, aber sehr konzentriert.

Drei Wege für Radler, dachte Locke, führen nach Kirchhausen. In der Strecke sind sie fast gleich. Da ist der Waldweg durch den Kirchhausener Forst. Der endet bei den Odehlwiesen, also fast schon im Dorf. Dann der Radweg entlang der Schnellstraße. Nicht sehr reizvoll, jedenfalls nicht im März, wenn die Felder noch kahl sind. Wahrscheinlich ist sie über die Landstraße gefahren. Die schönste Strecke – und nur wenig Verkehr.

Blank dachte das gleiche, fuhr an den Kliniken vorbei und später am FC-Stadion.

Sonne übergoß das lauschige Waldgebiet mit ihren Strahlen. Schwaden hoben sich aus den Wipfeln.

Sie folgten der Landstraße.

„Sie braucht nur einen platten Reifen zu haben“, sagte Tom. „Das kostet Zeit.“

Blank nickte. Aber trösten konnte ihn nichts. Sorge drückte wie ein Alp auf seine Brust. Nicole bedeutete ihm alles. Am liebsten hätte er sie verwahrt im Elfenbeinturm – ihr alles ferngehalten, was den Hauch eines Risikos trug. Doch das wäre unsinnig gewesen und schädlich, weil das Leben so nicht ist. Er wußte das und hütete sich davor, Nicole falsch zu erziehen. Denn überängstliche Eltern haben meistens Kinder, die sich allein nicht zu helfen wissen.

Der Wagen preschte durch den Wald.

„Hinter der Kurve – rechts – ist ein Rastplatz“, sagte Tom. „Wir sollten dort nachsehen.“

Blank fand das richtig und lenkte den Wagen hinter die Bäume.

Dort stand er, der Straßenfloh: klein, grün, mit der Nummernschild-Endziffer ... 48.

Locke und Tom erkannten ihn sofort.

„Heh!“ rief Locke. „Das ist doch ...“ Klar, der Wagen gehörte Susi Lipinsky. Das ist die Studentin, auf die wir im Zuge unserer Ermittlungen stießen.

Die Fahrertür stand offen.

Seltsam!

Aber der Kommissar machte sich in der Hinsicht keine Gedanken. Die Sorge um Nicole nahm ihn völlig gefangen.

Er lenkte seinen Wagen vorbei, allerdings in gemäßigtem Tempo.

In dieser Sekunde entdeckte Locke das Bein. Es wurde bis zur mittleren Wade von einem Jeansrock umhüllt. Der Fuß steckte in einem gesteppten Winterstiefel.

So war Susi gekleidet gewesen.

Das Bein ragte, halb verdeckt von dürren Gräsern, hinter einem Strauch hervor.

„Halt!“ schrie sie. „Anhalten! Da ... sie liegt hinter dem Busch dort. Mein Gott!“

Sie sprangen aus dem Wagen. Tom war der erste bei Susi. Entsetzt verharrte er. Dann beugte er sich über die Bewußtlose.

Sie lag bäuchlings. Ihr giftgrüner Anorak war über den Hinterkopf hochgerutscht. Blondes Haar breitete sich über fauliges Laub. Der Boden war zerwühlt! Kampfspuren. Abgepflückte Zweige verstreuten sich ringsum.

Zu dritt knieten sie bei ihr. Alle waren erfahren in Erster Hilfe. Vorsichtig drehten sie Susi um. Blutunterlaufene Quetschwunden reihten sich um ihren Hals. Sie blutete aus der Nase und aus einem Mundwinkel. Aber das war nicht frisch.

Mindestens einige Minuten lag der Überfall zurück.

Sie atmete. Tom fühlte den Puls. Er war gleichmäßig und kräftig.

„Jemand hat sie überfallen", sagte Locke. „Und ..."

Sie ließ es ungesagt, denn in diesem Moment schlug Susi die Augen auf.

Sie entsann sich sofort. Entsetzen breitete sich über ihr Gesicht. Der Mund öffnete sich zum Schrei. Aber dann erkannte sie Locke und Tom.

„Ruhig, Susi!" sagte Locke. „Nicht aufregen! Es ist vorbei. Wir haben Sie eben gefunden."

Sie konnte sich aufrichten. Als sie den linken Arm bewegte, schrie sie auf. Gebrochen? Ausgekugelt? Durchs Schultergelenk schien rasender Schmerz zu zucken. Sie griff hin mit der gesunden Hand, dann an ihren Hals.

Als sie zu reden versuchte, krächzten die Worte aus ihrer mißhandelten Kehle. Und sie begann zu schluchzen.

Immerhin konnte sie verständlich machen, wie es sich abgespielt hatte. Hinterrücks war der Unbekannte über sie hergefallen. Brutal gewürgt hatte er sie, geschüttelt, ihr den Arm auf den Rücken gedreht. Sie leistete erbitterten Widerstand und versuchte, sich zu befreien. Aber das hatte den Kerl nur angestachelt. Unter seinem Würgegriff verlor sie das Bewußtsein.

„Und Sie haben ihn nicht gesehen?" fragte der Kommissar.

Susi schüttelte den Kopf, hielt aber gleich inne, weil der Hals ihn kaum trug.

„Nichts habe ... ich von ihm gesehen. Nichts. Von hinten hatte er mich gepackt. Die ganze Zeit. Ich glaube, er trug eine Lederjacke. So fühlte sich's an. Er ist mit dem Wagen gekommen. Den habe ich gehört. Aber ich kann nicht sagen, was für ein Wagen das ist."

Susi mußte sofort in ärztliche Obhut.

Gestützt von Tom und dem Kommissar, schaffte sie die wenigen Schritte bis zum Wagen.

„Ich kenne den Arzt in Kirchhausen", sagte Blank. „Dr. Eskupal ist auch samstags zu erreichen. Dorthin bringen wir Sie."

Locke verharrte noch dort, wo Susi gelegen hatte. Sie war aufgewühlt bis in die Tiefe ihrer Seele. Diese furchtbare Tat! Wer konnte sich selbst so erniedrigen, nur um einen Raub auszuführen?

Daß es Raub war, hatten sie inzwischen festgestellt. Susis Tasche fehlte. Sie hatte in ihrem kleinen Auto gelegen und enthielt alles Geld, mit dem die Studentin während der nächsten beiden Monate auskommen mußte.

„Komm doch endlich!" rief Tom vom Wagen her.

Er hatte Susis Straßenfloh abgeschlossen. Die Schlüssel waren noch da, hatten am Lenkradschloß gesteckt.

Locke drehte sich um.

In dem Moment fiel ihr Blick auf den Käfer.

Erstaunlich groß war er, olivbraun und der Rücken wehrhaft gepanzert. Das Muster erinnerte an den Panzer einer Schildkröte. Und wie kreisrund er war, dieser Gelbrandkäfer. Aber das war ja gar kein Käfer!

„Ich habe einen Knopf gefunden", rief sie. „Einen ganz seltenen Lederknopf. Zwirnsfäden hängen noch dran."

Blank kam angeschossen und nahm ihn.

„Phantastisch!" murmelte er. „Den hat sie ihm abgerissen beim Kampf. Und damit können wir ihn kriegen."

Susi lehnte erschöpft im Fond. Sie entsann sich nicht, wußte aber noch, daß sie seine Hände und Handgelenke umklammert hatte, als er sie würgte.

„Dabei ... habe ich die ledernen Ärmel gefühlt. Ja, es ist möglich, daß am Bündchen Knöpfe waren. Und den einen habe ich abgerissen."

Sie fuhren nach Kirchhausen.

Selbstverständlich hielten sie auch weiterhin Ausschau nach Nicole. Aber sie war nicht zu sehen.

Die Sorge um sie wuchs zur Lawine an.

War hier ein Monster unterwegs? Ein Kerl, der sich mit einem Überfall nicht begnügte, sondern Mädchen und Frauen reihenweise beraubte, wenn er sie allein und in einsamer Gegend antraf.

War auch Nicole sein Opfer?

Dr. Eskupal, ein betagter Landarzt, wohnte am Anfang des Dorfes. Er war zu Hause. Susi wurde in seine Praxis gebracht. Damit war sie in besten Händen. Er würde auch dafür sorgen, daß sie – was sicherlich nötig war – ins Krankenhaus eingeliefert wurde.

Die Studentin bedankte sich bei den dreien – mit Tränen in den Augen.

Zu dem Pärchen sagte sie: „So schnell kann sich alles ändern. Als wir uns vormittags kennenlernten, war ich noch gesund. Sobald ich wieder auf dem Damm bin, müßt ihr mich in meiner neuen Bude besuchen. Am besten, wenn ich Einweihung feiere."

„Beeilen Sie sich mit dem Gesundwerden!" lachte Tom. „Auf Feten sind wir nämlich scharf. Außerdem wollen wir August, den Starken, kennenlernen."

Die drei fuhren weiter.

Dem Kommissar stand kalter Schweiß auf der Stirn.

Locke und Tom wußten, was er empfand.

Wie um sich abzulenken, begann er von seinen Verwandten zu erzählen.

Nicoles Tante wohnte am anderen Ende von Kirchhausen. Sie war Blanks ältere Schwester und verwitwet. Ihr Mann war Pilot gewesen.

„Zwölf Jahre lang hat er die großen Jumbos geflogen", sagte Blank. „Verunglückt ist er, als er mit seinem Wagen zum Fischen fuhr. Tödlich. Schuld war nur der andere."

FRIEDA GÖTTLER – stand auf dem Namensschild an der Gartenpforte.

Tante Frieda war eine aparte Mittvierzigerin, trug Flanellhosen und einen modischen Pulli. Besorgnis stand ihr dick ins Gesicht geschrieben.

Nein, Nicole war noch nicht da.

„Einen Unfall, Leopold", sagte sie, nachdem ihr Bruder Locke und Tom vorgestellt hatte, „können wir – Gott sei Dank! – ausschließen. Ich habe unseren Polizeiposten angerufen. Und auch den ADAC. Auf den Straßenverbindungen zur Stadt ist nichts gewesen. Kein Unfall."

Sie wollte die drei herein bitten. Aber Blank wehrte ab.

Tom sagte: „Jetzt müssen wir uns aufteilen. Da Sie den Wagen haben, Herr Blank, bietet es sich an, daß Sie über die Schnellstraße zur Stadt zurückfahren. Der Radweg verläuft nicht immer genau parallel, sondern manchmal in erheblicher Entfernung, wenn er Gestrüpp und Buschgruppen umrundet. Wenn Nicole gestürzt ist und dort irgendwo liegt, wird sie von niemandem gesehen."

„Das ist eine Möglichkeit", nickte Blank. „Und ihr wollt den Waldweg durch den Kirchhausener Forst absuchen?"

„Ist die dritte und letzte Verbindung zwischen hier und der Stadt. Alles andere führt querbeet – und ist nicht befahrbar für Tretmühlen."

Frieda Göttler wollte sich ihrem Bruder anschließen.

Aber er hielt es für besser, daß sie als Anlaufstelle hierblieb. „Und damit wir notfalls gleich ein Telefon haben."

Er wandte sich zum Wagen. Aber das Stichwort Telefon löste einen anderen Gedanken aus.

„Muß mal rasch im Präsidium anrufen", murmelte er. „Der Überfalltäter könnte inzwischen gemerkt haben, daß an seiner Jacke der Lederknopf fehlt. Wenn er dann zum Rastplatz zurückkommt und sucht – soll er den Kopf in die Schlinge stekken."

„Was ist los?" fragte Frieda. „Wovon redest du?"

26. Lagebesprechung

Otto Löhrf, zeitweilig Schrilltyp genannt, war sauer. Ihm paßte es gar nicht, daß ihn Friedhelm von seiner Freundin Adelheid wegholte.

Aber dann sah er ein, daß die Lagebesprechung seine Anwesenheit erforderte. Baß erstaunt machte ihn die Nachricht über Friedhelms Vater, den Spitzenganoven.

Sie fuhren über die Schnellstraße zurück.

Friedhelm mied den Herweg. Möglicherweise wimmelte es beim Rastplatz bereits von Bullen.

Beute hatte er zwar gemacht. Aber dann war der Überfall nicht wie gewünscht verlaufen. Unbehagen erfüllte ihn, als er an das reglose Mädchen dachte.

Sie erreichten die Stadt und Im-Graben Nr. 17, wo Hannelore in der Küche werkelte und sich bemühte, möglichst wenig zu hören von dem, was die Bande vorhatte. Sie billigte die Untaten, wollte sich aber nicht hineinziehen lassen.

Roderich und Paul hockten im Wohnzimmer. Der ehemalige Strafgefangene las Zeitung. Roderich vertrieb sich die Zeit mit kindischen Videofilmen.

Beide tranken Bier, und auf dem Tisch war kaum noch Platz für leere Flaschen.

Grinsend schwenkte Friedhelm die erbeutete Tasche.

„Unterwegs", erzählte er, „habe ich eine Schwalbe ausgenommen. Auf dem Rastplatz."

Prahlerisch schilderte er die gemeine Tat.

Dabei gestattete er sogar Einblick in sein Seelengefüge, indem er erklärte: „Wegen der Kohle habe ich's eigentlich nicht gemacht. Die Tussi sah nicht nach Kohle aus. Aber ich mußte Dampf ablassen. Daß mich dieser Tom so gedroschen hat, drückt mir schwer auf die Innereien. Deshalb habe ich dann auch ein bißchen derb zugepackt."

„Was heißt das?" fragte sein Vater. Es klang streng.

„Na, sie hat ganz schön geröchelt."

„Aber sie lebt doch?"

„Klar! Lebt. Schäden könnten allerdings sein. An Hals und Schulter. Erst wollte ich ihr – als sie so da lag – noch unser Zeichen einritzen. Hab's dann aber nicht gemacht. Die Zeit war zu knapp. Jeden Moment konnte wer kommen."

Sie untersuchten die Tasche. Das Geld wurde aufgeteilt.

So wollten sie künftig immer verfahren – ohne zu berücksichtigen, wer die Beute anschaffte.

Bei Bier und Schnaps besprachen sie die nächsten Pläne.

„... schlagen wir heute abend zweimal zu", führte Panutzke-sen. u. a. aus, „und zwar gleichzeitig an verschiedenen Stellen. Das wird enorm wirken. Wir bilden zwei Kommandogruppen. Eine mit Roderich und Otto, die andere mit Friedhelm und mir. Ort: U-Bahn. Zeit: vor Mitternacht. Wird noch näher bestimmt. Ihr", wandte er sich an Roderich und Otto, „übernehmt die Linie zwischen Beethoven-Platz und WM-Schwimmbad. Wir nehmen das Teilstück zwischen Krotten-Allee und Opernhaus. Und dann ..."

Später ging Friedhelm in sein Zimmer.

Er war etwas angetrunken und schwitzte. Nicht zuletzt, weil er immer noch seine neue Lederjacke trug.

Er zog sie aus. Als er sie in den Schrank hängen wollte, entdeckte er die Fäden an der Ärmelstulpe.

Ein Knopf fehlte.

Abgerissen.

Und ... verdammt! ... er wußte auch, wobei das passiert war.

Diese Kröte! Die mußte es gewesen sein. Woanders, nein!, woanders hatte er den Knopf nicht verloren.

Sollte er gleich zum Rastplatz fahren und suchen?

Er kaute an den Fingernägeln und dachte nach.

Vielleicht waren die Bullen noch dort? Vielleicht lebte das Mädchen nicht mehr?

Momentan – zu der Erkenntnis rang er sich durch – durfte er auf keinen Fall hinfahren. Zu gefährlich!

Am besten, er trennte sich von der Jacke. Sie war keine Dutzendware – und konnte verräterisch werden.

Ob ich den andern was sage? überlegte er. Lieber nicht. Sonst stehe ich blöd da – und das, wo wir jetzt groß einsteigen.

Er ließ sich aufs Bett fallen und schlief ein, ohne es zu merken.

27. Das Schreckliche verschweigen

Sie hatten das Dorf durchquert, gingen an den Odehlwiesen vorbei und näherten sich dem Kirchhausener Forst.

„Ich könnte heulen", sagte Locke, „wenn ich an die arme Susi denke. Ich wurde zwar auch überfallen, geschüttelt, beraubt und mit dem Messer gezeichnet – aber sie hätte sterben können. Und später erst wird sich rausstellen, ob sie seelische Wunden hat, die nie ganz verheilen. Hoffentlich ist Nicole nichts zugestoßen."

Der Fußweg führte unter Bäume.

Sonnenstrahlen fielen schräg durch die Äste, zeichneten Goldtupfer auf den Waldboden und – blitzten auf dem Chrom eines Fahrrades.

Es lag rechts des Weges.

„Das ...", stammelte Locke, „ist Nicoles Rad."

Sie sah Tom an. Aber dessen Blick war in das Gebüsch gerichtet.

Roséfarben schimmerte Stoff durch die Zweige.

„Dort!"

Er rannte los, brach durch die Büsche. Locke folgte ihm. Ihr Herz schlug vor Angst bis in den Hals.

Tom blieb stehen. Sie hörte, wie er aufstöhnte. Er schlug seine Hand vors Gesicht. Dann riß er sich die Jacke herunter und breitete sie über Nicole.

Sie lag auf dem Boden, krallte die Hände in die feuchte Erde. Leise begann sie zu wimmern – erst in diesem Moment, obwohl sie schon lange hier lag.

Lockes Herzschlag setzte aus. Sie kniete neben ihrer Freundin, berührte ihre Wange, streichelte ihr übers Haar.

„Wir sind's, Nicole. Tom und ich. Wir haben nach dir gesucht. Dein Vater sucht auch nach dir."

Toms Gesicht war kalkweiß.

„Locke, ich gehe für einen Moment zur Seite. Hilf ihr auf – und daß sie wieder richtig bekleidet ist. Ich trage dich dann,

Nicole, falls du verletzt bist – nicht gehen kannst. Wir bringen dich zu deiner Tante. Oder ... nein, besser wäre, einer von uns holt deinen Vater ..."

Während sich Tom entfernte, legte Locke den Arm um Nicole.

„Er ... er ...", schluchzte das Mädchen, „hat versucht ... hat versucht ... wollte ... wollte mir was antun. Ich habe geschrien. Aber unter dem Mantel. Da drang nichts raus. Und niemand war in der Nähe. Wie rasend habe ich mich gewehrt. Meine Fingernägel – alle sind abgebrochen. Meinen Anzug hat er zerfetzt. Und dann auf mich eingeschlagen. Bis ich hinfiel. Aber ... ich war nicht bewußtlos."

Sie konnte stehen, klammerte sich aber an Locke fest. Ihr Gesicht war geschwollen. Ein Auge schwoll zu. Ihre Beine waren zerkratzt. Sie wimmerte.

Locke hüllte sie ein in Toms Jacke.

„Wer ist es gewesen, Nicole?"

„Ich weiß es nicht. Ich hatte mein Rad an den Baum gelehnt. Mein Turnschuh war aufgegangen. Ich wollte eine Schleife binden. Da kam er. Von hinten. Seinen Mantel hat er mir über den Kopf geworfen. Es war wie in einer Falle. Als ich dann am Boden lag und er den Mantel wegriß, konnte ich mich nicht umdrehen. Alles tat so weh. Ich war wie gelähmt. Ich hörte nur, wie er weglief. Keuchend. So wie ich die ganze Zeit sein Keuchen gehört hatte."

Locke nahm sie in die Arme. Nicole begann zu zittern. Es wurde immer heftiger.

Locke rief Tom herbei.

*

„Nein!" flüsterte Kommissar Blank. Er hatte Tränen in den Augen. Totenbleich war sein Gesicht. „Keinen Krankenwagen. Keinen Notarzt. Den braucht sie nicht, Frieda. Nur unseren Hausarzt werde ich an sie ranlassen. Er ist verschwiegen."

„Aber, Leo!“ Frieda Göttler stotterte fast. „Nicole braucht doch jetzt ärztliche Hilfe.“

Das meinten auch Locke und Tom.

Sie standen im Wohnraum der Frau.

Nicole lag nebenan auf der Couch, zugedeckt bis zur Nasenspitze.

Die Tante hatte ihr ein Beruhigungsmittel verabreicht. Es wirkte bereits. Nicole weinte nicht mehr. Sie wurde schläfrig.

„Bedenkt doch mal!“ sagte Blank leise. „Die Prellungen und Blutergüsse – das ist bald verschwunden. Was kann Nicole dauerhaft schaden? Die Verletzung der Seele. Wenn wir jetzt etwas falsch machen, ist meine Tochter gebrandmarkt. Sie ist einem Unhold in die Hände gefallen – nur das wird sich rumsprechen. Und jeder, der es weitererzählt, wird ein bißchen übertreiben, ein bißchen dazu tun, damit die Sensation noch sensationeller wird. So ist das nun mal. Nicole hätte ihr Zeichen weg. Das würde an ihr haften, bis sie eine junge Frau ist. Obwohl – das wissen wir vier – es noch ... nun, es hätte schlimmer sein können. Ich will nicht, daß die Öffentlichkeit erfährt, was ihr zugestoßen ist. Versteht ihr?“

„Ich verstehe, was Sie meinen“, sagte Locke. „Und ich meine, Sie haben recht. Wenn Nicole nicht selbst damit fertig wird, kann sie das grausige Erlebnis mit einem Psychiater aufarbeiten. Aber je weniger davon wissen, um so besser für sie.“

Er nickte. „Sie hat mich darum gebeten, als ich eben allein mit ihr sprach. Niemand von ihren Freunden – außer euch beiden – soll davon wissen. Ich werde es sogar vor meinen Kollegen verschweigen, vor der Presse sowieso.“

„Dann kann sich der Täter in Sicherheit wiegen“, sagte Tom.

Blanks Zähne rieben aufeinander, bevor er sagte: „Den finde ich. Den finde ich ganz allein.“

Tom sagte: „Ob das derselbe war, der auch Susi überfallen hat?“

Blank schüttelte den Kopf. „Räumlich und zeitlich fallen beide Taten fast zusammen. Aber sie haben nichts miteinander zu tun – da bin ich mir sicher. Zu verschieden das Vorgehen, die Methode, das Ziel. Ich muß nach zwei Tätern suchen."

Er sagte es. Aber er meinte nur den Unhold, der über seine Tochter hergefallen war.

Locke und Tom sahen ihm an, was er dachte, und hatten Verständnis dafür. Es wäre übermenschlich gewesen, jetzt seine Gefühle auszuschalten. Den Kommissar erfüllte Haß.

Nicoles Rad blieb bei der Tante.

Locke setzte sich zu ihrer Freundin in den Fond des Opels, Tom fuhr vorn mit.

Während der Heimfahrt lehnte Nicole mit geschlossenen Augen an Lockes Schulter. Das zarte Gesicht war entspannt.

Niemand redete.

Von Westen her schoben sich Regenwolken über die Stadt. Der Tag verdunkelte sich.

Zwei Verbrechen, dachte Tom, haben wir hautnah miterlebt. Und wir sind erschüttert. Aber vieles mehr hat sich heute abgespielt in dieser Stadt. Manches wird man heute abend in den Nachrichten hören und am Montag in der Zeitung lesen. Anderes erfährt man nie, weil nicht jedes Verbrechen an die große Glocke gehängt wird.

„Es muß doch Zeugen geben", flüsterte Blank in diesem Moment. „Jemand muß gesehen haben, wie der Kerl in den Wald ging. Die nächsten Häuser sind nicht so fern. Wer dort wohnt, kann über die Odehl-Wiesen blicken. Ich befrage die Leute. Ich werde sagen, ein Mädchen wurde hinterrücks vom Rad gestoßen und dabei verletzt. Genau das werde ich auch als Meldung den Polizeireportern vorlegen. Und als Entschuldigung für Nicoles Fehlen in der Schule. Ihr wißt Bescheid, ja?"

Tom nickte. Locke hauchte ein Ja.

Um die Unheimlichen, dachte Tom, wird er sich vorläufig nicht kümmern. Sicherlich vergißt er auch, seine Kollegen für die Beschattung einzuteilen. Das heißt, wir müssen am Ball bleiben.

28. Nachrichten

Es dunkelte früh am Samstagabend. Aus tiefhängenden Wolken fiel nieselnder Regen.

„Also dann, Otto!“ meinte Roderich Schackl und stemmte sich aus dem Sessel. „Machen wir uns auf die Socken.“

Otto Löhrf grinste. Er war in der richtigen Stimmung, um in der U-Bahn Terror zu machen.

„Aber verfolgen“, sagte er, „darf uns niemand. Rennen kann ich nicht. Der verknackste Fuß tut noch weh.“

„Ich denke, er ist wieder in Ordnung“, sagte Paul Panutzke, der Altganove.

„Karl! Ist alles in Ordnung. War nur ein Spaß.“

Zigarettenqualm schwebte unter der Decke. Nebenan in der Küche war Hannelore mit dem Abwasch beschäftigt. Sie besaß keine Geschirrspülmaschine.

Panutzke sah seinen Sohn an. „Wir machen uns auch gleich vom Acker. Euer Auftraggeber soll zufrieden sein. Damit er Grund hat, Kohle zu hinterlegen – im toten Briefkasten. Dabei beobachten wir ihn. Dann haben wir ihn in der Hand. Und es wird sich zeigen, was daraus wird. Zusammenarbeit? Oder er muß uns geben, was er hat – weil er sonst hochgeht wie eine Weltraumrakete.“

Die drei Unheimlichen nickten.

„Aber laß mich noch die Nachrichten hören, bevor wir losziehen“, sagte Friedhelm. „Im dritten Programm bringen sie immer, was tagsüber los war in der Stadt und in der Region.“

„Wie eitel er ist“, feixte Roderich. „Vom Nachrichtensprecher will er hören, was auf dem Rastplatz war.“

Ihn und Otto interessierte das nicht. Sie verließen die Wohnung – aber nicht, ohne sich bei Hannelore zu verabschieden.

Friedhelm schaltete das Radio ein. Zur vollen Stunde wurden lokale Nachrichten verlesen. Sein Überfall war dabei. Von einer schwerverletzten jungen Frau war die Rede. Täter unbekannt. Es hörte sich an wie das tägliche Einerlei.

...weist nach Ansicht der Polizei...

Schon wollte er ausschalten. Aber die nächste Meldung ließ ihn aufhorchen.

„... weist nach Ansicht der Polizei keine Verbindung auf zu der zweiten Tat", sagte der Nachrichtensprecher, „die sich im Kirchhausener Forst nahe Kirchhausen ereignete. Ein junges Mädchen wurde hinterrücks von einem unbekannten Täter vom Rad gestoßen und verletzte sich dabei. Die Polizei bittet um Mitarbeit. Wer beobachtete zur angegebenen Zeit eine verdächtige Person am Waldrand oder bei den Odehlwiesen? Sachdienliche ..."

Friedhelm schaltete aus.

„Blödsinn!" murrte er. „'ne blöde Zicke wird vom Rad gestoßen – und die machen 'nen Aufstand! Aber vielleicht war's die Tochter vom Dorfbürgermeister. Jedenfalls gibt's in der Rastplatz-Sache keinen Hinweis auf mich. Sehr beruhigend."

Sein Vater stand im Flur.

Vor dem Garderobenspiegel zog er sich probeweise eine Strumpfmaske über den Kopf.

Damit mußte er sich behelfen. Um Pappnase und Perücke zu beschaffen, hatte die Zeit nicht gereicht. Außerdem war es fraglich, ob diese Utensilien (*Gerätschaft*) für ihn ausreichten.

Sein Schwindsuchtgesicht ließ sich nur schwer verändern.

29. Kriminalmeister Trobolowitsch

Locke hüllte sich in ihren Regenponcho. Auf einen Hut hatte sie wegen der ungastlichen Witterung verzichtet. Unter der Kapuze fand die dunkle Mähne kaum Platz. Immer wieder rutschten schwere Strähnen hervor.

Neben Tom drückte sie sich in den Torweg. Seit Anbruch der Dunkelheit beobachteten sie das Hauptquartier der Unheimlichen.

Sie fröstelten, fanden aber heraus, daß dichtes Beisammensein wärmt und blieben auf ihrem Posten.

Als Roderich und Otto das Haus verließen, standen sie für einen Moment im erleuchteten Eingang.

Und Locke erkannte den Schrilltyp.

„Das ist er. Ganz sicher, Tom. Dieser Widerling! Der ist es – nicht Roderich Schackl. Egal! Drei sind's, und drei kennen wir jetzt. Der Alte ist offensichtlich erst kürzlich dazu gestoßen."

Die beiden schoben ab. Ihr Gang verriet Zielstrebigkeit.

Locke hatte ihr Mofa zu Hause gelassen. Sie waren auf Toms Roller angereist. Der parkte in der Nähe.

Zu Fuß folgten sie dem Duo.

„Deine Vermummung ist vorteilhaft", meinte Tom. „Niemand erkennt dich. Sieh dir das an! Sie wollen zur U-Bahn."

Wie recht er hatte! Am Beethoven-Platz begaben sich die beiden unter Tage.

Das Pärchen folgte vorsichtig.

Der Bahnsteig war leer.

Die beiden Typen drückten sich am fernen Ende herum, taperten abgewandt, nämlich mit Blick zum Tunnel.

Unbemerkt huschten Locke und Tom hinter den Kiosk.

Dann fuhr der Zug ein.

Nur vier Wagen hingen aneinander.

Die beiden ersten hatten sich mit abgestandener Luft gefüllt.

Die Unheimlichen polterten in Wagen vier. Als sie dabei den Rücken kehrten, huschten Locke und Tom in den ersten.

Durch den Glaseinsatz der Verbindungstüren konnte man längs durch den Zug blicken.

„Im letzten Wagen sitzt wer“, meinte Tom. „Da haben sie ihr Opfer. Jedenfalls glauben sie das.“

Er trat rasch zur Seite, damit ihn die beiden nicht sahen. Sie tauchten im Blickfeld auf.

Der Zug fuhr an.

Lockes Herz pumperte, als sie sich anpirschten. Aber sie hatte keine Angst – in Toms Gegenwart nie.

Sie liefen in den zweiten Wagen, durchquerten ihn. Was hinten geschah, konnten sie nicht erkennen.

„Und Blank hat nichts unternommen“, sagte sie. „Hat die

Unheimlichen regelrecht vergessen. Aber wer wollte ihm das jetzt verübeln? Morgen, sicherlich, hat er sich wieder gefangen – und denkt nicht nur an den Unhold."

Sie waren im dritten Wagen.

„Du bleibst hier", sagte Tom.

„Aber ich darf durch die Tür sehen?"

„Ich weiß, wie neugierig du bist ... Heh! Da geht's ja schon rund ..."

Die Tür glitt zur Seite, als er sie ruckte. Er sprang in den letzten Wagen.

Der Überfall war in vollem Gange, das Opfer ein Mann im Regenmantel.

Sie hatten sich maskiert, die Unheimlichen, trugen Perücken und Karnevalsnasen. Sofort waren sie über den Mann hergefallen.

Schackl packte ihn von hinten, hatte ihn würgend in den Schwitzkasten genommen.

Der Schrilltyp – von dem Tom wußte, daß er Otto hieß, Bauarbeiter war und in Kirchhausen eine Freundin namens Adelheid hatte – bedrohte den Mann mit einem Messer.

Dazu brüllte er: „Her mit der Brieftasche! Sonst ..."

Jetzt bemerkte er Roderichs starren Blick, der auf Tom gerichtet war, und drehte sich um.

„Sonst?" fragte Tom.

Er trat ihm das Messer aus der Hand und verpaßte ihm einen Yama-Tsuki, einen doppelten Faustitoß auf verschiedenen Stufen.

Otto konnte nicht entscheiden, was schlimmer war: der Knall an die Birne oder der Schlag gegen den Magen.

Er fiel um wie vom Blitz getroffen.

„Danke!" sagte der Mann im Regenmantel, griff hinter sich und zog Roderich mit einem Judogriff über die Schulter.

Der Unheimliche krachte zu Boden. Als er – trotz Verblüffung – wieder hoch wollte, blickte er in die Mündung einer Dienstpistole.

„Polizei!“ sagte der Mann. „Keine Bewegung!“

Ohne Hast knöpfte er seinen Mantel auf und holte Handschellen hervor.“

„Polizei?“ sagte Locke hinter Tom mit verblüffter Stimme. „Na, so was! Zufälle gibt’s, die ...“

„Kein Zufall“, lächelte der Mann. „System. Ich bin Kriminalmeister Trobolowitsch. Ihr seid sicherlich Nina und Tom. Ich gehöre zu der Beschattergruppe, die von Kommissar Blank eingeteilt ist. Wißt ihr ja. Und wieso ich hier so opferwillig in der U-Bahn sitze? Nun, mein Kollege Schottenfeld hat Im-Graben 17 observiert (*beschattet*), dabei auch euch bemerkt und mich dann, als die beiden abzogen, per Sprechfunk benachrichtigt.“ Er wies auf seine Aktentasche, in der sich offenbar das Gerät befand. „Ich bin in der Luisen-Straße eingestiegen, also eine Station vor dem Beethoven-Platz. Ich war auf alles vorbereitet. Trotzdem haben mich die beiden überrumpelt. Man wird eben allmählich alt. Und bei diesem Wetter ist mein Rheuma ganz schrecklich. So, und jetzt helft mir mal, den beiden die Handschellen anzulegen.“

30. Leider ein Fehlschlag

Das Verhör fand in Blanks Dienstzimmer statt.

Zwei Uniformierte wachten im Hintergrund. Otto Löhrf und Roderich Schakl trugen keine Handschellen mehr.

Sie waren überführt. Sie wußten es. Aber deshalb machten sie mit der Polizei noch lange nicht gemeinsame Sache.

Keine Frage wurde beantwortet. Sie schwiegen verstockt.

Locke und Tom waren zugegen.

Kriminalmeister Trobolowitsch hatte die Segel gestrichen und sich nach Hause begeben. Sein Rheuma machte ihm wirklich zu schaffen.

„Gebt endlich zu, daß Friedhelm Panutzke euer Komplice ist!“ sagte Blank.

„Ist er nicht“, stieß Otto Löhrf durch die Zähne. „Es gibt keinen dritten Unheimlichen. Wenn wir zu dritt auftraten, hat einer von uns beiden immer ’ne Doppelrolle gespielt. Hahaha!“

„Dir wird der Spaß noch vergehen“, meinte der Kommissar. „Auch im Jugendgefängnis ist es nicht besonders heiter. Warum habt ihr bei Rehms den Ziegelstein durchs Fenster geworfen?“

„Bei wem?“ fragte Roderich. „Wir kennen keinen Lehm. Was? Rehm? Den auch nicht. Von einem Ziegelsteinwurf weiß ich nichts. Müssen andere gewesen sein.“

So ging es weiter.

Nichts kam dabei raus.

Dann klingelte das Telefon auf Blanks Schreibtisch.

Er lauschte, ohne den Anrufer zu unterbrechen.

„Danke! Ja, das ist wichtig.“

Er legte auf. Zu den uniformierten Polizisten sagte er: „Führt sie ab! Jeden in eine andere Zelle. Das Verhör wird morgen fortgesetzt.“

Als die Tür von außen geschlossen wurde, wandte er sich an Locke und Tom.

„Wir haben geglaubt, daß die jetzt schichtweise arbeiten. Mal diese, mal jene. Deshalb wurde das Haus nicht länger beobachtet. Aber offenbar waren auch Vater und Sohn unterwegs. Auf einer anderen U-Bahn-Strecke – nahe dem Opernhaus – wurde nämlich eine Frau überfallen. Von zwei Maskierten. Sie haben ihr ein Teh auf den Handrücken geritzt. Und beraubt wurde sie selbstverständlich auch. Leider hat sie die Sache erst eine Stunde später gemeldet. Weil sie zusammenklappte. Kreislaufversagen – infolge des Schrecks. Sie mußte behandelt werden. Damit sind wir zu spät dran. Die Panutzkes sitzen längst friedlich vor der Glotze. Die Beute ist versteckt – und ihr Handwerkszeug auch. Trotzdem lasse ich dort Haussuchung machen. Die Verdachtsgründe reichen."

Er griff zum Telefon.

Locke und Tom hörten seinen Anweisungen zu.

Als er fertig war, sagte Locke: „Was ich noch fragen wollte – wird eigentlich der tote Briefkasten am Grafen-Grab schon gefilmt? Oder ist die Kamera noch nicht angebracht?"

„Morgen wird sie angebracht, Locke. Unser Spezialist für technische Observierung war heute nicht da."

Sein Blick strich über das gerahmte Foto, das auf seinem Schreibtisch stand. Es zeigte Nicole.

„Wie geht es ... ihr jetzt?" fragte Tom.

Blank zuckte kurz mit den Achseln. „Sie steht unter Beruhigungsmitteln."

*

Zwei Polizeiwagen fuhren Im Graben 17 vor. Aber die Aktion wurde ein Fehlschlag.

Hannelore Panutzke war allein zu Hause.

Ihr geschiedener Mann und ihr Sohn, so behauptete sie, hätten vor knapp zehn Minuten die Wohnung verlassen, um noch irgendwo eine Sause zu machen – wie sie sich ausdrückte.

Sie bestritt, daß es sich um die Unheimlichen handele. Sie

wurde sogar ziemlich rabiat, als die Durchsuchung begann. Blank drohte ihr mit vorläufiger Festnahme wegen Behinderung einer Amtshandlung. Das schüchterte sie ein.

Bedauerlicherweise wurde nichts gefunden, was den Ermittlungen geholfen hätte.

Daß in Friedhelms Kleiderschrank ein leerer Bügel hing, darüber machte sich niemand Gedanken.

31. In die Falle gegangen

Sie waren tatsächlich kurz zu Hause gewesen – nach dem Überfall auf die Frau. Aber damit hatte der Tag für sie noch kein Ende. Tatendurst kreiste Paul Panutzke, dem Altganoven, im Blut.

„Nach 19 Jahren Knast, Friedhelm, habe ich mir ein bißchen Spaß verdient. Mal sehen, ob die alten Nachtbars noch so gemütlich sind wie früher. Im Fuchsbau fange ich an. Und morgen um vier – wenn die Kneipen schließen – weißt du, was dann auf dem Programm steht?"

Friedhelm wußte es nicht.

„Dann, mein Sohn, lasse ich mich von einem Taxi zum Heimgang-Friedhof bringen. Ich setze mich unters Dach der Kapelle und beobachte das Grab. Euer Chef, das spüre ich als alter Knasti, kommt im Morgengrauen. Weshalb? Tagsüber würde er auffallen. Und nachts ist es zu unheimlich auf 'nem Friedhof. Hahaha! Vielleicht kommt er nicht in diesem Morgengrauen, sondern erst im nächsten. Aber er kommt. Ich sehe ihn – und werde rauskriegen, wer das ist. Denn ihr könnt unmöglich weitermachen mit dieser Bedrohung im Nacken. So gesehen, betrifft es auch mich. Bin gespannt, was er dort als nächstes hinterläßt. Geld? Eine neue Anweisung? Wir werden sehen."

„Ich komme mit, Vater", grinste Friedhelm. „Zu den Bars und zum Friedhof."

„Gut. Das heißt, einer müßte hier sein und auf Roderich und Otto warten. Andererseits – wenn Hannelore die Stellung hält, genügt das vollkommen. Und die nächste Samstagnacht ist erst in einer Woche. So lange wollen wir nicht warten, was?"

„Aber erst, Vater, vernichte ich meine Jacke."

„Was?"

Friedhelm berichtete.

Sein Vater war beunruhigt.

Er sah sich die Jacke an.

„Die muß weg. Sofort! Außerdem hättest du auf dem Rastplatz nach dem Knopf suchen müssen. Längst! Er ist auffällig. Und selten! Vielleicht stellen die Bullen fest, an wen die Jacke verkauft wurde. Dann haben sie dich. Also, sieh zu, daß du den Knopf findest."

„Jetzt? Wenn ich dort mit 'ner Taschenlampe rumtappe, kann ich mir doch gleich ein Schild um den Hals hängen, daß ich der Gesuchte bin."

„Das ist richtig. Aber morgen holst du den Knopf."

Friedhelm schnürte die Lederjacke zum festen Bündel zusammen. Sie gaben Hannelore Bescheid und zogen ab.

Den roten Ford konnten sie nicht nehmen. Roderich hatte die Autoschlüssel bei sich. Also stiegen sie in den alten VW-Bus – womit der Altganove gegen seine eigene Anweisung verstieß.

Sie fuhren hinunter zum Fluß, zur Neuen Brücke. Der Name trog. Sie war 1922 erbaut worden. Die vierte Laterne, genau in der Mitte der Brücke, brannte nie. Das kam gelegen.

An dunkelster Stelle ließ Friedhelm das Bündel in die Tiefe fallen. Den Aufprall aufs Wasser hörten sie nicht. Es war schwarz, verseucht wie die meisten deutschen Flüsse und an dieser Stelle fünf Meter tief.

Den Rest der Nacht verbrachten beide in einigen zweifelhaften Nachtschuppen.

Im Morgengrauen fuhr Friedhelm seinen Vater zum Heimgang-Friedhof und sah zu, wie er über das Gittertor stieg.

Er folgte ihm nicht. Sein Plan hatte sich geändert. Der Knopf war jetzt wichtiger.

Er fuhr durch die menschenleere Stadt. Nur zögernd wagte sich der Tag über den östlichen Horizont.

Er fuhr zum Rastplatz. Langsam ließ er seine Rostlaube hinter die Bäume rollen.

Stille. Niemand war da. Von dem Polizeifahrzeug, das versteckt in einer Schneise stand, ahnte er nichts.

Es war hell geworden. Er stieg aus und schlenderte an den Büschen entlang, den Blick zu Boden gerichtet.

Was haben Sie aufgeschrieben?

Hier war die Stelle.

Er bückte sich. Seine Hand fegte Laub vom Vorjahr beiseite. Seine Finger suchten im Sand – und schlagartig war es vorbei mit der friedlichen Stille.

Wie aus dem Nichts tauchten die beiden Kriminalbeamten auf. Sie sprangen hinter den Büschen hervor – und schon hatten sie ihn.

„Was haben Sie aufgehoben? Öffnen Sie die Faust!" herrschte ihn ein kantiger Typ an.

Friedhelm tat verstört. Er schlotterte innerlich. Aber das durften die um Himmels willen nicht merken.

Auf dem Handteller hielt er dem Kantigen ein staubiges Zwei-Mark-Stück hin.

„Das lag da. Was ist denn los?"

„Sehr schlau. Aber den Trick kennen wir. Sie sind zum Tatort zurückgekehrt. Wollten den Lederknopf suchen, den das Mädchen Ihnen abriß, als es sich gegen Ihren Würgegriff wehrte. Im übrigen ist das Geldstück noch warm. Weil Sie's die ganze Zeit in der Hand hielten. Sie sind festgenommen."

Er hätte brüllen können vor Wut. Aber das hätte nichts geholfen.

Sie brachten ihn in die Stadt – zum Polizeipräsidium, dort ins Büro von einem gewissen Kommissar Blank.

Der sah sich Friedhelms Brieftasche an.

„Was?" rief er. „Der sind Sie? Einer der Unheimlichen, nicht wahr? Wurden Sie gestört bei dem Überfall auf Susi Lipinsky? Oder weshalb haben Sie ihr kein Teh in die Haut geritzt? Teh – wie Terror, Panutzke."

Friedhelm war zusammengezuckt. Jetzt zeigte er seine frechste Miene.

„Was reden Sie eigentlich? Ich verstehe kein Wort."

„Ihre Komplizen Schackl und Löhrf sitzen bereits hinter Gittern. Wurden nämlich vor einigen Stunden erwischt. Leider sind sie nicht bereit, Sie zu belasten. Aber das kann sich noch ändern. Im übrigen fand vorhin bei Ihnen eine Haussuchung statt. Davon wissen Sie wohl gar nichts? Beweise wurden allerdings nicht gefunden. Es war auch keine Jacke da, an welche der Knopf gepaßt hätte. Die haben Sie gut versteckt, was?"

Friedhelm kämpfte an gegen Ohnmacht. Er spürte, daß er käseweiß war. Und der Blick dieses Kommissars schien bis auf den Grund seiner schwarzen Seele zu dringen.

„Susi Lipinsky wurde am späten Vormittag überfallen. Wo, Panutzke, waren Sie zu der Zeit?"

„Ich ... äh ... ich glaube, zu Hause."

„Wo waren Sie zu der Zeit?"

„Weiß ich nicht mehr. Ist schon fast 24 Stunden her, und mein Gedächtnis ..."

„Wo waren Sie zu der Zeit?"

Er zermarterte sein Gehirn. Wie konnte er sich rauswinden? Es schien unmöglich zu sein. Dieser verdammte Mistbock wußte ja buchstäblich alles.

In diesem Moment fiel ihm ein, was er im Radio gehört hatte. Die zweite Meldung! Von dem harmlosen Überfall auf das Mädchen. Zeitlich paßte das haargenau. Zwar belastete er sich mit dem falschen Geständnis. Aber was wog dieser Kinderkram verglichen mit dem, was er angestellt hatte!

Oder war der Typ, der die Kleine vom Rad gestoßen hatte, schon gefaßt?

Egal! Versuchen konnte er's.

„Ich ... äh ... habe ein Alibi", stotterte er. „Ich war nämlich zu der Zeit im Kirchhausener Forst. In der Nähe der Odehlwiesen. Da habe ich ... Also, ich bin der, der das Mädchen vom Rad gestoßen hat. Sollte eigentlich nur ein Spaß sein. Aber ... naja, wie's halt so geht ..."

Er grinste.

Eine seltsame Veränderung ging mit dem Kommissar vor. Sein Gesicht wurde leichenfahl. Er starrte ihn an.

Gleich wird er mich löchern, dachte Friedhelm.

Aber Kommissar Blank stellte keine einzige Frage. Er wirkte wie betäubt.

„Also Sie", sagte er mühsam. „Sie! Damit sind Sie aus dem Schneider, Sie können gehen."

„Waaaaas?"

„Sie können gehen. Ihr Alibi überzeugt mich. Selbstverständlich werden Sie sich wegen dieser Körperverletzung verantworten müssen. Aber ... das wird halb so schlimm. In der Sache hören Sie dann noch von uns."

Friedhelm stand auf. „Ich ... kann wirklich gehen?"

„Scheren Sie sich raus!"

„Bin ja schon weg. Tsss ... Ihr Bullen seid doch das Allerletzte."

32. Kunde vom Alibi

Behutsam trat Blank in das Zimmer seiner Tochter. Nicole lag im Bett. Das zarte Gesicht spiegelte noch immer Entsetzen.

Es war Sonntagvormittag. Gerade war der Hausarzt da gewesen. Ihm versiegelte Schweigepflicht den Mund.

„Papa", ihre Stimme zitterte. „Ich habe schreckliche Angst, daß es doch rauskommt. Aber niemand, Papa, niemand darf es wissen. Es wäre furchtbar, wenn meine Freunde ..."

Sie sprach nicht weiter. Tränen kullerten.

Er streichelte ihr Haar. „Kein Mensch erfährt, was dieser Unhold dir antun wollte. In der Zeitung morgen wird nichts anderes stehen – als das, was im Radio kam. Ich bin sogar überzeugt, daß sich diese Bestie ganz sicher fühlt. Denn leider ist es an der Tagesordnung, Nicole: Mädchen, denen so was widerfährt, schweigen aus Scham. Und die Täter triumphieren."

*

Am Sonntagmorgen fuhren Locke und Tom ins Präsidium. Sie wollten zu Kommissar Blank, hörten aber, daß er zu Hause sei – und nach langem Nachtdienst nicht gestört werden wollte.

Kriminalmeister Trobolowitsch saß an seinem Schreibtisch und freute sich, die beiden zu sehen.

Von ihm erfuhren sie, was sich letzte Nacht noch getan hatte.

„... glaubten wir doch schon, der Raubtäter, der Susi Lipinsky überfallen hat, wäre uns ins Netz gegangen. Ist ausgerechnet dieser Friedhelm Panutzke ..."

Er berichtete.

Das Pärchen war fassungslos.

„Aber dann – alles eine Seifenblase", meinte der Kriminalmeister. „Denn Friedhelm Panutzke hat ein Alibi. Kommissar Blank ließ ihn daraufhin gehen. Er hätte das auch anders halten können – weiß Gott! Aber – das vermute ich – er will den Burschen im eigenen Saft schmoren lassen. Schackl und Löhrf werden irgendwann weich. Dann genügt ihre Aussage, und Friedhelm Panutzke ist geliefert."

„Hoffentlich richtet er inzwischen keinen Schaden an", sagte Locke.

Sie begriff nicht, weshalb der Typ noch auf freiem Fuß war. Alles sprach doch dafür, daß er auch der Täter vom Rastplatz war.

Toms Stirnrunzeln verriet, daß er das gleiche dachte.

„Was für ein tolles Alibi hat er denn?" erkundigte er sich.

„Toll ist es. In der Tat", nickte Trobolowitsch. „Er hat sich nämlich selbst in die Pfanne gehauen. Allerdings mit einem verhältnismäßig harmlosen Geständnis. Da war doch noch irgendwas im Kirchhausener Forst. Hab's nur am Rande gehört. Jedenfalls – das ist er gewesen."

Lockes Augen weiteten sich. Sie brachte kein Wort hervor.

Tom schluckte.

„Ist was?" fragte der Kriminalmeister.

„Nein, nichts!" Tom grinste. „Alles klar. Naja, so läuft es eben. Ihnen, Herr Trobolowitsch, wünschen wir einen schönen Sonntag. Tschüs!"

*

Sie riefen nochmals bei Blank an. Aber niemand nahm dort den Hörer ab.

„Für mich ist es völlig klar", sagte Tom. „Er hat ihn freigelassen, damit er ihn auslöschen kann. Weil dieser Kerl die Nicole ... Ich kann's sogar verstehen, daß Blank nicht darüber hinwegkommt."

„Aber wir müssen das verhindern."

„Selbstverständlich."

„Und wie?"

„Es ist aberwitzig. Wir müssen Friedhelm beschatten, dürfen ihm nicht von der Pelle rücken. Zu seinem Schutz. Blank ist vielleicht gar nicht zu Hause."

Wieder bezogen sie Posten in der Nähe der Panutzke-Adresse. Als Verstecke boten sich zahlreiche Möglichkeiten an.

Am späten Vormittag beobachteten sie, wie der alte Panutzke mit dem Taxi nach Hause kam.

Er wirkte übernächtigt, war aber in bester Stimmung und rieb sich die Hände.

Friedhelm zeigte sich zweimal am Fenster und einmal auf dem Hof. Ansonsten passierte nichts.

Der Tag verging. Das Warten nervte. Zum Glück hatten sich die Wolken verzogen. Das Wetter war herrlich. Locke fuhr mehrmals zu einem Schnellimbiß und holte Verpflegung. Außerdem brachte sie Zeitungen mit.

Sie wechselten die Verstecke. Mal saßen sie hinter dem Bretterzaun eines Baugrundstücks, mal auf der alten Holzbank in einem Torweg. Die längste Zeit verbrachten sie hinter einer Hofmauer, wo ausrangierte Polstermöbel standen. Schön waren die nicht mehr, aber leidlich bequem.

So neigte sich der längste Tag, an den sich Locke entsinnen konnte, dem Abend entgegen.

33. Geständnisse

Es ging auf 23 Uhr, als Friedhelm das Haus verließ. Er schlenderte zum Fluß hinunter. Und war überzeugt, daß er von den blöden Bullen beobachtet wurde. Wahrscheinlich rechneten sie damit, daß er nochmals als Unheimlicher zuschlug. Diese Idioten!

Sein Vater hatte Glück gehabt. Sie wußten jetzt, wer der Auftraggeber war. Ein Taxi-Unternehmer. Logo. Und bei dem lag ihre Zukunft. Ihn wollten sie zur Kasse bitten, statt die Dreckarbeit für ihn zu machen, damit er noch besser verdiente.

Friedhelm fand's witzig, daß er diesen Adolf Biedermann bereits kannte. Bei dem Überfall hatte alles angefangen – und weil Otto seine Brieftasche verlor.

Friedhelms Weg führte ihn über die Neue Brücke.

An dunkelster Stelle – neben der defekten Laterne – blieb er stehen.

Grinsend blickte er hinunter.

Er hörte ein schwaches Geräusch hinter sich.

Dann traf der Hieb sein Genick.

Bewußtlos knickten ihm die Knie ein. Kräftige Hände packten zu und wollten ihn übers Geländer schieben.

Von der anderen Seite sprintete Tom heran.

„Herr Blank!" rief er halblaut. „Nicht!"

Dann war er bei ihm – und hielt ihn fest.

Friedhelms reglose Gestalt fiel zurück und schlug mit dem Kopf gegen einen Stahlpfeiler.

„Was ... was ..."

Blank starrte Tom an, keuchte, atmete mit offenem Mund, war weiß im Gesicht und begann jetzt zu zittern.

„Sie ... wollten ihn festnehmen", sagte Tom rasch. „Nicht wahr? Aber er hat sich gewehrt, der Kerl. Dabei ... Er ist bewußtlos, na gut."

Blanks Kopf sank auf die Brust. Er hielt sich am Geländer fest. Unaufhörlich schlugen seine Zähne aufeinander.

Locke kam im Laufschritt, japste.

Mitfühlend legte sie den Arm um Blanks Schulter.

Lange herrschte Schweigen. Der Kommissar wurde ruhiger.

„Danke!“ murmelte er. „Danke! Mein Gott! Was ... Seit heute nacht kann ich nicht mehr denken. Ich weiß nicht, was ... mit mir los ist.“

Nach einer Weile sagte Locke: „Wir hörten zufällig von dem Alibi. Durch Kriminalmeister Trobolowitsch. Er weiß offenbar nicht, daß Nicole das Mädchen ist – das vom Rad gestoßen wurde. Nur eins will Tom und mir nicht in den Kopf. Wenn Friedhelm Panutzke der Unhold ist – warum gibt er dann dieses entsetzliche Verbrechen zu?“

„Er weiß ja nicht“, murmelte Blank, „daß wir die Wahrheit kennen und daß es sich um meine Tochter handelt. Natürlich hat er gehört, was im Radio gesagt wurde. Und er geht davon aus, daß wir, die Polizei, nie erfahren, was sich wirklich abspielte. Weil das unglückliche Mädchen aus Scham schweigt.“

Friedhelm regte sich. Dann wurde er wach von einer Sekunde zur andern.

Hatte der Niederschlag einen Schock ausgelöst? Oder der Zusammenprall seines Schädels mit dem Stahlpfeiler?

Er begann zu schreien. Tom riß ihn hoch. Friedhelm taumelte. Schützend hielt er sich die Hände vors Gesicht.

„Nicht schlagen!“ kreischte er. „Ich gebe ’s ja zu. Alles gebe ich zu. Ja, ich habe auf dem Rastplatz das Mädchen gewürgt. Und der Knopf ist von meiner Jacke.“

Flehentlich sah er Blank an. „Meine Jacke – die habe ich ins Wasser geworfen. Hier. Genau hier. Oh, ich habe solche Schmerzen im Kopf.“

Weiche Birne! dachte Tom. Der Typ rastet aus.

„Du bist der dritte Unheimliche!“ fuhr er ihn an. „Gib es zu!“

„Ja, stimmt! Oh, mein Kopf. Ich ...“

„Und du hast das Mädchen im Kirchhausener Forst überfallen?“

Nicht Schlag

„Nein. Das war ich nicht. Dort bin ich noch nie gewesen. Das sollte nur mein Alibi sein. Ich glaube, mein Kopf zerspringt. Das ist ja schlimmer als ... Zahnschmerzen."

„Wer ist euer Auftraggeber? Oder kennt ihr den noch nicht?"

„Doch! Vater hat am Grab auf ihn gelauert. Er heißt Adolf Biedermann. Ein Taxi-Unternehmer."

Locke quietschte, hielt sich dann erschrocken die Hand vor den Mund.

„Ihr habt den Ziegelstein geworfen", stellte Tom abschließend fest. „Weshalb?"

„Das war ein Auftrag von Biedermann. Hat uns 300 ..."

Weiter kam er nicht. In seinem Schädel schien tatsächlich ein erheblicher Stromausfall stattzufinden.

Friedhelm verdrehte die Augen und kippte um.

Tom griff zu und verhinderte, daß er hart aufschlug.

„Nein!" flüsterte Blank. „Nein! Es wäre ... der Falsche gewesen. Der Falsche. Er ist nicht der Unhold."

*

Mitternacht.

Der Streifenwagen hielt vor Biedermanns Haus.

Blank, ein Uniformierter, Locke und Tom gingen zur Tür.

Locke klingelte. Feuer schien aus ihren Augen zu sprühen.

Es dauerte eine Weile. Dann öffnete der Taxi-Unternehmer. Offenbar hatte er bereits geschlafen. Er trug einen Bademantel über dem Pyjama und roch nach Schnaps.

Beim Anblick der vier und des Polizeiwagens schien ihn der Schreck zu versteinern.

„Verbrecher!" schrie Locke ihn an. „Elender Lump! Wir wissen alles über Sie. Alles! Und hier ist Kommissar Blank mit dem Haftbefehl."

Biedermanns Reaktion verblüffte alle.

Seine Knie gaben nach. Er sank gegen den Türrahmen. Aus

seinem Feistgesicht wich das Blut. Nacktes Entsetzen schien ihn zu packen.

„Ich ... ich ... bin krank“, wimmerte er. „Man kann ... mich nicht verantwortlich ... bin nicht zurechnungsfähig und ... Ich wollte ihr doch gar nichts tun. War nur zufällig da ... Aber dann ... der rosarote Anzug ... Und wie sie auf dem Rad ... Da ist was ausgerastet in mir ... sonst, sonst ...“

Er fiel auf die Knie, plärrte, drehte den Kopf auf die Schulter und rief greinend nach seiner Frau.

„Veronika! Bitte, hilf mir! Sie holen mich. Bleib bei mir! In einer Anstalt – da sterbe ich ...“

Im Haus rührte sich nichts. Alles blieb dunkel und still. Wahrscheinlich schlief Veronika Biedermann mit verstopften Ohren.

Niemand bewegte sich.

Tom schielte zu Blank hin. Nein! Nochmals drehte der nicht durch.

Er also! dachte Locke. Und Ekel stieg in ihr auf. Dieser schmierige Typ.

*

Während langer Verhöre wurden Hintergründe aufgedeckt – und Zusammenhänge deutlich, die noch der Klärung bedurften.

Die Stadt war von den Unheimlichen befreit. Sie und auch Paul Panutzke, der Altganove, wanderten hinter Gitter. Hannelore, seine geschiedene Frau, kam mit einem blauen Auge davon. Ihre Strafe – als Mitwisserin – wurde zur Bewährung ausgesetzt.

Edwin Knauke war die längste Zeit Generaldirektor gewesen. Sein Giftskandal wurde bekannt – durch Biedermanns Aussage –, und der gewissenlose Manager sah schweren Zeiten entgegen. Die Strafe für Biedermann fiel hart aus.

Oma Rehm, die älteste, wurde als erste gesund. Susi Lipinsky mußte längere Zeit im Krankenhaus bleiben – wegen eines Bänderrisses in der Schulter. Sie versäumte ein halbes Semester. Aber dann war sie wieder völlig hergestellt, und zur Einweihung ihrer Bude tanzten auch Locke und Tom an.

Es wurde ein enorm lustiges Fest. Und die lustigste von allen war – Nicole. Es war, als hätte es das schreckliche Erlebnis für sie nie gegeben. Offenbar besaß sie gesundes Heilfleisch – auch seelisch.

Nachdem alles überstanden war, überraschte Tom seine Locke mit einem besonders sinnigen Geschenk – nämlich mit einem Florentiner Frühlingstraum, einem neuen Hut.

ENDE

Liebe Locke- und Tom-Freunde!

Ganz schön aufregend, was die beiden erleben, nicht wahr? Wenn es darum geht, anderen zu helfen, greifen Locke und Tom ein – koste es, was es wolle. Denn Locke ist schon ein tolles Mädchen, und Tom ein prima Kumpel, mit dem man Pferde stehlen kann. Es vergeht kaum ein Tag, an dem bei Tom nicht das Telefon klingelt: „Hallo Tom, hier Locke ...!" Und was bei diesen Telefonaten ausgeheckt wird, erfahrt Ihr in den spannenden „Locke-und-Tom-Büchern", von denen es noch mehr gibt. Stefan Wolf hat sie geschrieben, den Ihr sicher schon als Autor der TKKG-Bücher kennt, auch einer erregenden PELIKAN-Serie. Gewiß interessieren Euch die anderen „Locke-und-Tom-Bücher" ebenso – mit den vielen lustigen Zeichnungen Eurer Lieblinge! Hier sind sie:

Hundejäger töten leise (Band 1)
In der Stadt verschwinden Hunde und Katzen. Ganz offensichtlich sind gemeine Tierjäger unterwegs. Das vermutet die Polizei, und auch der Tierschutzverein hat einen Verdacht. Aber noch niemand weiß, was hinter diesen rätselhaften Diebstählen steckt. Werden die armen Tiere zu grausamen Versuchen benutzt, an deren Ende ihr „leiser" Tod steht? Locke und Tom, beide leidenschaftliche Tierfreunde, finden die richtige Spur. Sie führt nicht nur zu einem Tierhändler, dessen Geschäfte schon immer anrüchig waren. In den skrupellosen Handel sind noch ganz andere Leute verwickelt, hinter denen niemand solche Gemeinheiten vermutet.

Terror durch den heißen Draht (Band 2)
Eine unbekannte Mafia terrorisiert die Stadt. Angesehene Bürger, die jeder kennt, aber auch irgendwelche Nachbarn von nebenan werden nachts angerufen, bedroht oder zu erfundenen Terminen bestellt, wo Gangster sie hinterrücks überfallen. Was wollen die Verbrecher mit ihren „Todesfallen" erreichen? Die Polizei blickt nicht durch. Locke und Tom wollen helfen, denn auch viele ihrer Freunde sind bedroht.

Giftalarm am Rosenweg (Band 3)
Beim Spielen am Rosenweg entdecken Kinder buntbemalte Fässer. Weil die Schrift schon unleserlich geworden ist, ahnen sie nicht, daß sie Gift vor sich haben. Die Folge: schleichende Verletzungen und rätselhafte Erkrankungen. Aber die Kinder schweigen, weil sie Angst vor Strafe haben. Ein Rätselraten beginnt – bis die Polizei endlich die Fässer findet und Giftalarm gibt. Noch aber weiß man nicht, wer der verantwortungslose Täter war. Locke und Tom finden eine überraschende Lösung ...

Die Fußball-Oma darf nicht sterben (Band 4)
Alle lieben Oma Meyer, weil sie immer fröhlich ist und den Jungs von der Fußballmannschaft hilft. Sie füllt die Vereinskasse auf, feuert begeistert die Spieler an, wäscht die verschwitzten Trikots. Deshalb heißt sie auch Fußball-Oma. Aber in letzter Zeit machen sich nicht nur Locke und Tom Sorgen um Oma Meyer. Irgend etwas bedrückt sie, doch sie will nicht so recht heraus mit der Sprache. Als es schließlich zu regelrechten Mordanschlägen auf die liebe alte Dame kommt und eine seltsame „alte Bekannte" erscheint, da nehmen Locke und Tom die Sache in die Hand.

Flammen um Mitternacht (Band 5)
Ein nächtlicher Brand in Lockes und Toms Heimatstadt erregt mehr Aufsehen, als das ganze Feuer überhaupt wert ist. Zwar brennt ein Wohnhaus nieder, und das ist schon schlimm genug, aber was Feuerwehr und Polizei dabei feststellen, ist noch viel erschreckender: Aus den Flammen werden 50 Menschen gerettet, wo doch im ganzen Haus höchstens zehn Leute Platz gehabt hätten. Dazu tauchen plötzlich Ausländer auf, die unter jener Adresse gar nicht registriert waren. Menschenhandel? Illegale Arbeitskräfte? Locke und Tom sind davon überzeugt, daß etwas oberfaul ist.

Überfall nach Ladenschluß (Band 6)
Die Mafia geht um. In der Stadt werden italienische Gastwirte von sizilianischen Landsleuten erpreßt. Sie fordern Schutzgeld, wie sie das nennen. Der Boß heißt Cordone, aber er hat einen Rivalen, von dem er nichts weiß: Vittorio mit der roten Maske. Er überfällt und plündert auf eigene Rechnung. Und dann terrorisiert noch ein Maskierter seine Mitbürger. Er treibt im Schatten der Mafia sein Unwesen: Wilhelm Hartmann. Als er eine Frau beraubt, verliert er seine Maske und wird von Locke erkannt. Seitdem lebt sie gefährlich ...

Der Mann mit den tausend Gesichtern (Band 7)
Lockes Vater, der Redakteur Gunter Rehm, ist in Gefahr. Der Sittlichkeitsverbrecher Oswald Pollner, den Gunter vor zwölf Jahren überwältigt und der Polizei ausgeliefert hatte, soll bald aus dem Gefängnis entlassen werden. Jetzt will er Rache nehmen an Gunter und seiner Familie. Pollner war Maskenbildner beim Theater, und deshalb trat er bei seinen Verbrechen in immer neuen Verkleidungen auf. Pollner ist auch nach einem dutzend Jahren hinter Gittern der abgebrühte Gangster-Profi mit den tausend Gesichtern geblieben. Wie werden Gunter, seine Tochter Locke und ihr Freund Tom sich gegen den Verbrecher wehren?

Aufruhr in der Unterwelt (Band 8)
Als eine Bande jugendlicher Fahrraddiebe sich darauf verlegt, in Wohnungen einzubrechen, erbeuten sie in einem luxuriösen Appartementhaus einen Koffer mit Geld. Daß es Falschgeld ist, können sie nicht ahnen. Der Wohnungsinhaber, ein berüchtigter Geldhehler, will es „reinwaschen", das heißt, umtauschen in echtes Geld. Das soll der etwas tölpelhafte Fahrer eines Geldtransports besorgen. Aber der Falschgeld-Diebstahl durch die Einbrecherbande und ein Überfall zweier Knastbrüder auf den Transportfahrer und seine Frau vereiteln die „Geldwäsche". Nun gerät die ganze Unterwelt der Stadt in Aufruhr. Doch das schreckt Locke und Tom nicht im geringsten.

Die Nacht am schwarzen Grab (Band 9)
Der reiche Fabrikant Köhler und seine Frau kommen bei einem Flugzeugabsturz ums Leben. Sein riesiges Vermögen vermacht er seinem verschollenen Sohn Markus. Der war vor 13 Jahren als Baby entführt worden, die Tat nie geklärt. Was niemand weiß: Markus lebt tatsächlich noch, heißt jetzt aber Toni Woretzki, und er hält Paula Woretzki für seine Mutter. Von seiner wahren Herkunft hat er keine Ahnung. Paula war die Braut des Kidnappers Alfons Schäwig gewesen, und sie hatte das entführte Baby behalten, weil sie ihr leibliches Kind verlor. Liebevoll zog sie den Jungen groß. Als nun in allen Zeitungen vom Erbe des Fabrikanten Köhler berichtet wird, erscheint plötzlich der Ganove Schäwig wieder, um zu kassieren. Ein gemeines Spiel beginnt, das beinahe ein böses Ende nimmt – wenn Locke und Tom sich nicht der Sache annehmen würden.

Der Feind aus dem Dunkeln (Band 10)
Erwin Kotter, der im Gefängnis eine Strafe absitzt, bekommt Hafturlaub. Als „Freigänger", wie man dies nennt, nutzt Kotter die Chance, sich an Richter Schwörle und seiner Familie zu rächen, der ihn verurteilt hat. Die 15jährige Sabine Schwörle, Tochter des Richters, ist mit Locke befreundet. Klar, daß sie und Tom sich sofort einschalten. Mysteriös wird der Fall, als Kotter wieder in seiner Gefängniszelle sitzt und die Anschläge trotzdem weitergehen. Er hat das sicherste Alibi der Welt, und man kann ihm nichts anhaben. Wer sind die Täter?

Die Bande des Schreckens (Band 11)
Eine gefährliche Bande Jugendlicher versetzt die Stadt in Angst und Schrekken. Sie hausen wie die Vandalen, wüten in Parkanlagen, demolieren Telefonzellen, legen Brände in der U-Bahn und verbeulen parkende Autos. Wer sich

ihnen in den Weg stellt, wird zusammengeschlagen. Die Polizei erscheint machtlos. Als auch der Ganove Reichard zu der Bande stößt, wird es Locke und Tom zuviel. Denn mit Reichard haben sie persönlich abzurechnen, und deshalb beschatten sie ihn. Dabei werden sie Zeuge, wie er vor einen U-Bahnzug gestoßen wird: Mordversuch! Was die beiden nun ermitteln, stürzt sie in einen Gewissenskonflikt.

Straßenräuber unter Palmen (Band 12)
Der internationale Betrüger und Erpresser Lappmann ist auf der Flucht. Er fürchtet die Rache der Ölscheichs, die in Spanien ihre Ferienhäuser haben. Mit einem Trick hat er 50000 Dollar von ihnen ergaunert. Lappmann muß untertauchen, und der Zufall scheint ihm dabei zu helfen: Auf dem Flughafen von Malaga findet er eine Brieftasche mit Ausweispapieren auf den Namen Fischer. Lappmann sieht diesem Mann auf dem Paßfoto täuschend ähnlich, und deshalb schlüpft er in seine Rolle. Weil Fischer aus der Großstadt kommt, in der Locke und Tom wohnen, taucht auch der Erpresser Lappmann dort auf. Er weiß nicht, daß Fischer ebenfalls in üble Machenschaften verwickelt ist und nicht nur von der Polizei gesucht wird, sondern auch von Locke und Tom.